U0013056

龍雲
作品

龍雲
作品

龍雲
作品

龍雲
作品

伏魔路
驅魔少女
龍雲 著
LOIZA 繪

伏魔路

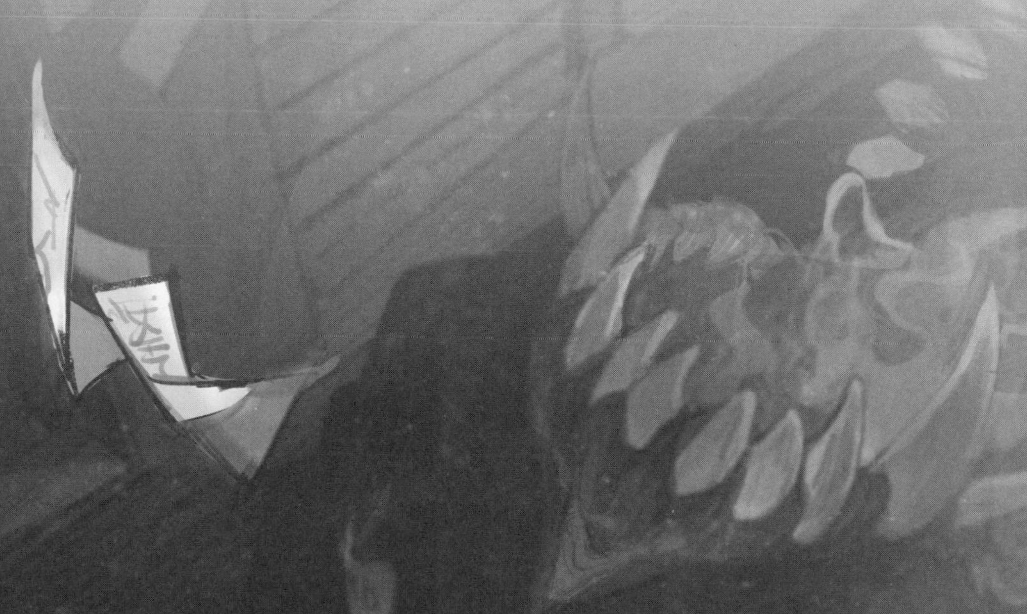

第 1 章・荒唐的那六年

1

「在台灣，殺個一兩人，不會被判死刑。」

在那驚心動魄的一夜過後，這句殺人犯曾經說過的話，就不時浮現在阿彬的腦海。

如果真的是這樣的話，那麼在這場荒唐的「競賽」中，得分最少的他，確實符合這句話中的條件，因為他只殺了一個人。

這點或許是在這個糟糕的情況下，唯一值得慶幸的地方。

天曉得，說不定台灣的司法，會認為自己多少也有點身不由己，因此獲得同情與輕判，比起現在兩面不是人的現況，至少這點絕對是值得期待的部分。

對阿彬來說，前幾天那驚心動魄的夜晚，彷彿就像是在鬼門關前走了一回。

當時已經打定主意要逃的他，幸運沒有成為那個恐怖金髮男的目標，因此才有機會逃離現場，如今回想起來，只覺得還真是自己命大。

不過自己那個被師父捧在掌心的師弟就沒有那麼好運了，雖然對他沒什麼好感，甚至覺得那種小屁孩死了也無所謂，但他很清楚，自己這樣落荒而逃，萬一被師父知道了，會有什麼樣的下場。

其他的先不說，光是先前陸續被金髮男打倒，甚至被抓到牢裡去的那兩個師兄，最後還是被師父下令解決掉，大概也可以猜想得到自己可能會遭遇的處分。

雖然說他入門的時間不算長，但師父從來不把人命當一回事的冷血個性，他倒是非常清楚。

因此，就算自己逃得早，沒有看到接下來發生了什麼事，不知道那個師弟是生是死，就已經讓阿彬連原本下榻的飯店，都不敢回去。

主要的原因，與其說是怕那些人循線找上門，不如說更害怕自家人找上門。

所以逃下山後，阿彬根本不敢逗留，搭乘捷運一路到了台北車站，在車站附近相當知名的補習街裡，找了一間看起來有點破舊的旅館住進去。

在經過一晚的休息，讓自己驚魂未定的心情稍微緩和下來之後，阿彬當然也推測了一下眼前自己的狀況。

假設師弟真的被金髮男殺了，自己雖然可以想一套說詞，試著隱瞞臨陣脫逃的事實，但萬一師父有心追問，阿彬也非常清楚，自己說什麼也不可能騙得過師父。

尤其是如果師弟真的死了，自己卻還活著的情況，師父不可能不追問，因此如果師弟死了，自己真的凶多吉少。

萬一師弟沒有死，跟前面的師兄一樣，被抓進警局，那麼自己丟下他，一個人逃跑的事，也絕對瞞不住。

因此，分析之後阿彬清楚了一件事，或許師弟有死沒死要看他自己的福氣，不過自己很有可能橫豎是死定了。

認清這個事實後，阿彬徹底慌了，他完全不知道該怎麼辦。

畢竟比起警方或者是其他仇家，師父這邊的尋人能力，阿彬非常了解，自己如果不小心點的話，或許一下子就會被師父給揪出來。

因此阿彬知道接下來自己所做的決定，很有可能會徹底改變自己接下來，甚至是未來的命運。

經過幾天的掙扎，與觀察狀況之後，阿彬雖然還沒有完全做出決定，不過心中似乎也有了一點想法。

師門說什麼都回不去了，搞清楚這一點後，剩下的問題就是要躲去哪裡。

不過在自己真正開始逃亡前，阿彬決定先做一件事情，一件他似乎很久以前就應該做的事。

他想打通電話，不過他不敢用市話跟手機，因此他離開旅館，四處尋找著幾乎已經快要絕跡的公共電話。

在附近繞了幾圈，好不容易找到了一座公共電話。

拿起話筒，那個曾經很熟悉，但已經多年沒有撥打過的電話號碼，想了一會才想起來。按下電話號碼，響了幾聲，對方才接起電話，熟悉的聲音也再次傳入耳中。

心情瞬間激動的阿彬，眼眶頓時泛紅，甚至有點發不出聲音。

「……媽，」阿彬哽咽地對著話筒說：「是我啦，阿彬。」

電話那頭的阿彬媽，由於太過於激動，愣了一下才開口大叫，聲音之大，甚至連距離幾步遠的行人，都可以聽得到從話筒傳出來阿彬媽激動的聲音。

好不容易等到媽媽的情緒稍微平復，阿彬才接著說：「我回來台灣了啦，我打算明天回去一趟。」

可想而知的是，這消息又讓電話那頭的媽媽激動起來。

母子倆又講了幾句之後，才依依不捨地掛斷電話。

掛上電話，阿彬低下頭，心中感到無比的欣慰。

終歸到底，自己還有一個家，一個可以遮風避雨，躲避風暴的家。

與母親通過話之後，阿彬的心情真的獲得了解放，就好像恐懼黑夜的人，好不容易盼到了陽光。這是從那個驚心動魄的夜晚過後，阿彬第一次不再皺著眉頭，心情也稍微輕鬆了一點。

至於電話的另一頭，阿彬媽掛上電話，心情激動的程度，完全不亞於阿彬，淚水就彷彿水龍頭被人扭開一樣，流個不停。

她一直都相信阿彬，不管親朋好友怎麼說，她對這個兒子都充滿了信心。她知道，阿彬只是一時昏了頭，結交了些壞朋友，但是這個孩子內心一直都很善良、怕事。如今總算證明她的看法沒有錯，這孩子確實沒有辜負自己，在離家六年之後，終於要回來了。

阿彬媽甚至開心地在原地打轉，只差沒有手舞足蹈而已。轉過身望向神桌，阿彬媽決定要把這個好消息，告訴列祖列宗。走向神桌時，她心中還盤算著，該去市場買些阿彬喜歡吃的菜。以前阿彬最喜歡吃的就是她親手滷的那些滷味，這次難得回來，她一定要再好好看看阿彬那狼吞虎嚥的滿足神情。

來到神桌前，抽出幾支香，阿彬媽還因為過度興奮導致雙手不停抖動，費了好一會的功夫，才把香點燃。

失而復得，大概就是這樣的感覺。

這六年來，多少個牽腸掛肚的日子，都是在想著阿彬這個小孩，在遙遠的日本，過得好嗎？甚至在夜裡沉沉入睡時，夢到自己突然收到阿彬過世的消息而驚醒，那冷汗直流的夜晚。

在今天的這通電話之後，終於有了塵埃落定的結果，那顆懸在空中的心，也好不容易平安落地。

她的阿彬，不但活得好好的，而且正踏上回家的路。

阿彬媽一把鼻涕、一把眼淚地上完香，感謝祖先保佑，不但讓阿彬平安，還讓這個浪子回頭，願意回家來。

將香插進香爐裡，阿彬媽還在想該去廟裡還願了。

畢竟這些年來，除了向自家的祖先祈求外，阿彬媽不知道已經到附近的廟宇，祈願了多少回，只求阿彬平安返家，如今這個願望，終於要實現了，所以虔誠的阿彬媽還在想著，明天買菜時，要順便買些水果，去廟裡還願。

就在這個時候，神桌前不遠處的電話再度響起，阿彬媽面帶著微笑，心想應該是阿彬忘記說什麼了，才會再打電話回來。

只要想到阿彬，就會讓阿彬媽臉上，不自覺地浮現甜蜜、溫柔的微笑。

她走過去，接起電話，開口正準備說話，結果話筒裡傳來一陣聲響，下一秒鐘阿彬媽嘴一張、臉一僵、雙眼一瞪，因為來電的人，絕對不是阿彬，而是一個恐怕連阿彬媽想都沒有辦法想像的邪惡力量……

就這樣愣在那裡，聽著話筒裡面傳來的聲音，過了一會，彷彿失了魂的阿彬媽緩緩開口說出自己家的地址，就好像那些聲音，硬是從腦袋裡面被擠出她的嘴巴一樣。

掛上電話，有那麼一段時間，阿彬媽都愣愣地站在那裡，等到回過神時，早已經不記得剛剛的電話。

只是……那離家多年的孩子終於要回來的愉悅心情，也早就消失無蹤。

2

這一天不是假日，但售票大廳中，還是有不少旅客穿梭其中。

來到了台北車站對面的台北轉運站，在阿彬的記憶中，幾年前還沒有這個地方，如果再追溯到更早以前的光陰，那時候的他，第一次上台北時，這裡應該是間不知道是國中還是高中的學校，因為當時阿彬跟來接他的朋友，就是約在那間學校的門口見面。

如今，那間學校已經不知道跑到哪裡去了，換上了這棟一半是百貨公司，一半是轉運站的建築物。

買好回家的車票，一轉過身，阿彬就看到了幾個穿著制服的警員，正在盤查一名中年男子。趁著警員們將注意力放在中年男子之際，阿彬壓低帽子，盡可能表現自然地避開那幾個警員所在的地方，搭乘手扶梯朝轉運站的樓上而去。

現在的他，只希望回到那個六年不曾回去過的故鄉，雖然說自己已經不需要擔心如果員警真的盯上自己，因為阿彬至少有一打以上的辦法，可以擺脫警方的追蹤，不過阿彬還是盡可能低調。畢竟現在的他，暴露任何一點行蹤，都有可能帶來難以挽回的後果。

所以即便他隨身攜帶了一些符，可以讓自己完美地躲避警方的所有追查，不過阿彬還是像個擔心被盤查的通緝犯一樣，盡可能避開那些不必要的麻煩。

來到三樓，順利上車後，阿彬才鬆了口氣，脫下帽子，將自己隨行的包包，抱在胸口充當棉被，然後倒頭閉上雙眼。

才剛閉上雙眼，腦海裡又浮現出那天夜裡，在山上遇到的金髮男子。

不知道已經有多少年，不曾如此恐懼過，不，說不定打從出生到現在為止，也不曾感覺到如此害怕過。

或許，這些年的經歷已經讓自己忘記了該如何面對恐懼這個原始的情緒，一直到看到了那個金髮男子為止，那早已遺忘的情緒才再度左右自己的理智。

就連阿彬自己都沒有想過，自己竟然會被人嚇到這種地步，完全沒有想到後果，就落荒而逃。

不過會有這樣的情緒，就連阿彬自己也知道，似乎沒有什麼好意外的。

那種感覺就好像一個持有手槍的現代人，穿越到用刀劍決勝負的古代，只要手槍在手，彈藥還有，管他是什麼武功高強的絕世高手，都不可能威脅到這個現代人，因此這個現代人早就因為這樣，遺忘了恐懼的感受。

這時突然在這個現代人面前，出現了另外一個現代人，而且手上所持有的，是比他威力更為強大的衝鋒槍，大概就是阿彬看到金髮男時心中所浮現出來的恐懼。事實上就真實的情況來說，阿彬確實有如那個穿越到古代的現代人一樣。

而強烈的恐懼感，也讓阿彬不自覺地回想起那個讓自己徹底改變的日子，也就是距今大約六年前的事情。

如果真的要用一個形容詞，來形容這六年的話，那麼就只有「荒唐」足以形容了。

當然在遇到金髮男子之前，阿彬根本沒有這麼想過，不過那個男子彷彿讓自己突然從一場夢境中甦醒過來一樣，回首這六年，真的只有荒唐兩個字可以形容。

六年前因為一次奇妙的因緣，讓阿彬在日本認識了一名同樣來自故鄉台灣的男子，然後在男子的推薦下，他加入了一個古老的門派，又或者可以稱為神秘的組織，接著他的世界，就好像開了一扇全新的門，開始了一段荒唐又詭異的人生。

打從一開始，阿彬會到日本去留學，就是因為遇到了一些問題。

當年的他，因為一個不當的行為，簡單來說就是大家常說的約會強暴，擔心被女方控告，才會逃到海外。

在做出這等惡劣行徑後，在親友的一片責罵聲中，唯一支持自己，甚至不惜變賣家產，也要把自己送到日本去的，就是年邁的母親。

如果當時沒有母親不顧一切，硬是將自己送到日本去，自己就不會有這荒唐，但卻快樂似神仙的六年。

而且當時如果沒逃去日本，說不定現在自己還在台灣的牢裡，天曉得像自己這樣的性侵犯，會被判幾年。不過跟現在的狀況比起來，阿彬寧願去坐牢，至少還能保住一命。更不用說如果是基於目前的情況，阿彬擁有了自己夢寐以求的力量。在這種情況下，即便是坐牢，先不說牢房關不關得住他，就算真的讓阿彬乖乖服刑，這個力量也不會被剝奪。等到坐完牢出獄後，等待著他的就是完美的人生了。

因此對於這個溺愛自己，並且不顧一切把自己送到日本的母親，阿彬有著滿滿的感恩之情。

對阿彬來說，這六年來唯一讓他感覺到愧疚的地方，就是這六年都不曾回來看看自己的這個老母親，頂多只有打個電話回家，而且六年來也不過那麼一兩通而已。

母親當年獨排眾議，不顧一切把自己送出國，保護了自己，才讓自己有機會接觸到這一些，但他這六年卻好像人間蒸發一樣，讓阿彬這些年來都感到愧疚。

不過這倒不全因為阿彬沒有良心，從來不曾想過母親，只是在接觸了這些人之後，阿彬或多或少有意希望跟自己的家庭保持距離，也算是保護母親的意思。

在真正了解師父的力量後，阿彬下意識察覺到師父的危險性，如果師父要做出什麼事情來的話，普天之下還真的不知道有誰可以阻止他。

正因為想像到了這樣的危險，讓阿彬對回家與跟其他人提及家中情況這些事情有所顧忌。說不定當時的自己，雖然不可能想像得到今天這樣的場面，但也知道事情的嚴重性，因此才不想讓那些師兄弟們與師父知道自己原生家庭的事情。

後來即便多次被派來台灣，他也不曾提過想要回家看看。因此對家裡現在的狀況，阿彬也不是很清楚。

只大概知道送自己出國後，母親把自己剩下的養老金全部拿出來，才擺平了那個女人，讓自己不至於被人告上法院，可以安心回故鄉。但自己卻六年都沒有回家過。

當然關於那個女人的事，阿彬早就已經盤算好了，等到自己確定解脫，沒有這些麻煩的事情之後，他會好好拜訪一下那個女人跟她家，然後讓他們為此付出代價。不過這些，還是需要等自己搞定眼前這棘手的難題再說。

總之，在被送到日本之後，雖然名義上是留學，但實際上，根本就只是為了躲避可能的司法制裁，所以阿彬每天都是遊手好閒，靠著媽媽每個月固定匯給他的生活費，繼續醉生夢死的日子。

這樣的生活持續了好幾個月，一直到他遇到那個後來成為他師兄的男人。

一開始學這些東西，對阿彬來說，確實有個非常誘人的原因。

在了解了這些東西可以發揮的效力之後，阿彬就一直想要學習這些東西，只是他腦海裡所想的，卻跟其他人不太一樣。

只要學會這些東西，阿彬知道自己可以迷姦任何他看上眼的女人。對他來說，這些東西彷彿本該就是用來做這種事的。

什麼驅魔？什麼功力高低？做這些、爭這些根本都沒有半點意義。

因此即便入了師父門下，什麼本家與自家的紛爭，什麼千年的遺訓，說穿了阿彬都不在乎，他只想要用這些術法滿足自己的肉慾。

可惜的是，好不容易經過嚴格的修行，實現了這個願望，但阿彬卻沒有辦法真正落實這樣的想法。

因為在學會了這些東西之後，阿彬才發現，自己不要說吃、住都得要跟著師父與師兄弟了，光是師父的一聲令下，自己就得跟著師兄弟們一起去完成師父的指示，幾乎沒有什麼個人的時間。

而且阿彬意外地發現，不要說師父了，就連師兄弟們，都不懂得好好享用這樣的優勢，快樂地遊戲人間。

唯一讓阿彬值得安慰的是，師父年事已高，而且近年身體不是很好，所以阿彬一直期待著師父去世之後，自己可以重獲自由，到時候就真的可以實現自己的夢想，好好在人世間享受了。

誰知道師父在死前突然搞了這個鬧劇，要幫小師妹找個老公，阿彬完全不想參加。

倒不是說，她這個二八佳人的小師妹不誘人，但如果要娶她，那就真的是為了一棵樹，放棄一整片森林。

好不容易等到師父快往生了，他就要自由了，不需要再被人監視，他可以盡情地為所欲為，這時候如果真的成為了小師妹的另一半，自己不就等於又找了另外一個枷鎖來鎖住自己嗎？

所以阿彬不要說沒有積極去執行師父的這個最終指示，甚至十分消極，就是因為看穿了阿彬這樣的態度，那天夜晚小師弟才會質疑阿彬，認為他只想要等到其他競爭者都遇害，自己好坐收漁翁之利。

雖然說，關於消極這一點，那小鬼一點也沒有說錯，但阿彬根本打從一開始就不想要成為這個競賽最後的勝利者，因此坐收漁翁之利這點，根本就是天大的冤枉啊。

事實上，看到師兄們一個個遇害，也讓阿彬非常驚慌，畢竟這些師兄的功力絕對都遠在阿彬之上。

一方面是擔心自己有可能成為下一個受害者，另一方面也擔心，到時候師兄們都死光了，自己很可能真的成為師妹的老公，這都絕對不是阿彬所希望的。

誰知道在阿彬還沒能想出個辦法來之前，就殺出了個金髮男，徹底改變了一切。

金髮男的出現，真的等於將阿彬推向了無底深淵，逼迫阿彬得要面對難以抉擇的局面。

想到金髮男，也不免讓阿彬有點好奇，不知道那個男人跟自己的師父，到底誰強誰弱。

對於這個問題，雖然阿彬沒有答案，不過他非常肯定與了解，不管哪一個，都可以輕鬆地要了自己的命。

六年前，他看到了一道讓他人生從此充滿愉悅的大門，阿彬決定打開那扇門，並且步入門中，這也讓阿彬的心理狀況產生了極大的變化。

過去，在面對這些不順遂的事情時，阿彬總是有一種放棄人生的感覺，但在踏入那扇門後，阿彬惜命如金。

為了這條彷彿中了樂透後的性命，為了這個可以讓自己為所欲為，滿足自己一切慾望的命，他珍惜自己的性命，更深深明白千金之子不死於盜賊的道理。

所以不論什麼是非，更不管什麼道義與情感，只要能讓自己活下去，阿彬都願意做。

明明距離天堂，就只差一小步的距離了，偏偏這時候又搞出這麼多事情來，真的讓阿彬覺得自己很倒楣。

就這樣一邊埋怨自己的命運到頭來還是很不幸，一邊昏昏沉沉睡了一會，等到阿彬回過神來時，窗外已是那片他所熟悉的景象。

他知道，故鄉到了。

3

或許就是多少也意識到，自己很有可能在玩火，所以關於自己老家的事，阿彬絕口不提，所幸這六年來，師父等人也沒多問什麼，所以就目前的狀況來說，家絕對是最好的庇護所。雖然可能無法久留，但在自己想到下一步之前，至少是個讓自己多少可以獲得些許喘息空間的地方。

車子緩緩停下，抵達了目的地，阿彬下了車，心中慶幸著自己當時的直覺，讓今天還有一個可以回來的地方。

到站的阿彬，其實搭站前的一班公車，就可以直達自己的家，不過他選擇步行。以前讀書時，阿彬也常常像現在這樣，用散步的方法走回家。

相隔六年再次回到故鄉，沿途許多景色，都有明顯的變化，不過其中仍然穿插著一些沒什麼變化，並讓阿彬覺得懷念的地方。

這樣的情況更是讓阿彬感覺到這六年的荒唐，以及對於過去那種生活的嚮往。

就這樣漫步了一個多小時後，阿彬終於來到熟悉的老家附近，而那棟不時會出現在自己夢境中的老家，最後也終於出現在自己的眼前。

六年了……

阿彬深呼吸，臉上不自覺地浮現出微笑，朝大門去。

在這純樸的地方，像這種大門，多半沒有上鎖，因此阿彬輕輕一推，就推開了那扇熟悉的大門。

才剛踏進家門，阿彬內心頓時一凜，臉上的那抹笑容，也隨之消失，一股奇怪又熟悉的味道撲鼻而來。

雖然說是奇怪的味道，但因為這六年來，常常聞到，所以對這樣的味道相當習以為常。

只是……這裡是自己的老家，根本不應該會有這種味道才對。

隨著味道越來越濃厚，讓阿彬的內心也越來越不安。

他連鞋子都沒有脫，直接走進房子裡面，轉一個彎，就是客廳，而客廳的後方，就擺放著祭拜祖先的神明桌。

這一切都跟阿彬六年前離開時，一模一樣，沒有任何地方有所變動。

然而，神桌前的阿彬媽身影，卻讓阿彬看傻了眼，愣了一下之後，才有所反應。

一陣淒厲的哀號聲，從阿彬的口中嘶吼了出來。

「嗚啊——」

阿彬跪倒在地上，雙手用力抱著自己的頭。

阿彬媽就被吊在大廳中間，祖先的神桌前，只見阿彬媽雙目圓睜，看起來就是死不瞑目的恐怖模樣，而身體到了腰部的地方，突然向內陷，模樣十分詭異駭人。

定睛一看，很快就知道腰部內陷的原因了，因為阿彬媽的下半身，被人轉了一百八十度，原本應該彎曲的雙腳，卻因為膝蓋轉到了後面，而向前突出，看起來很突兀。

或許對其他人來說，這個姿態很奇怪，而且做法十分殘忍又費力，不過阿彬知道，這樣的姿勢有它代表的意義。

這就是他們的門派，用來處死叛徒的手法。

雖然，先前就已經想到情況很可能會變得非常糟糕，但如今親眼目睹自己母親的屍體，還是讓阿彬感覺到事態已經遠遠超過自己的想像。

他跪在媽媽的屍體前，痛哭失聲了好一陣子，然後突然想到，說不定師父還在附近，自己還處於危險中，嚇到跳了起來。

與此同時，外面傳來了警笛聲，也讓阿彬回過神來，知道此地不宜久留，立刻逃了出去，阿彬也真的是連滾帶爬地，逃離這原本應該是避風港的老家。

現在，阿彬非常清楚，自己根本已經一隻腳踏進棺材裡了，如果不想點辦法，那麼下次被人這樣扭成一圈的人，絕對會是自己。

雖然對未來，阿彬感覺到恐懼與絕望，但此刻，在逃離自己老家的同時，他也逐漸明白，自己並沒有多少可以選擇的餘地，能存活的希望也越來越渺茫。

甚至，逃到最後，他只想到了一個可能可以幫助自己的辦法，而潛意識似乎也意識到這一點，因此回過神來時，他已經在那個地方的外面了。

看到眼前這棟建築，不免讓阿彬感覺到無奈。

……還真是多此一舉啊。

因為剛剛明明就是聽到警車的聲音，才慌忙逃出自己的家，結果因為內心的驚慌，下意識就好像想要求救一樣，基於對這個住了多年的家鄉了解，潛意識逃跑的結果，就跑到了離家最近的警局對面。

如果要來這裡求援的話，還不如當時直接在自己家等待前來的員警就好了。

不過，這裡或許……是阿彬最後的一線生機也說不定。

不，更正確的說法應該是，除了這個辦法外，阿彬也真的不知道該怎麼辦了。

說不定，能夠跟自己師父對抗的人，除了那個金髮男外，就是需要一整個警隊，才有可能做到吧？

而這就是阿彬在這個進退兩難的狀況下，唯一想到的辦法，一個可以讓自己苟活下來的辦法。

第2章・成長試煉

1

雖然昨天的新聞報導，台灣的附近有個颱風，正朝本島而來，不過眼下卻是萬里無雲的好天氣，鍾家續來到屋頂，或許是因為回到自己熟悉的區域，因此不自覺地朝著家的方向望去。

如果中間沒有這些高聳的建築物的話，從這邊應該可以看得到自己的家。

即便已經回到故鄉新北市，但鍾家續他們還不敢回各自的家，因為他們還沒有完全準備好。心理或許已經準備好面對任何挑戰了，但此刻的鍾家續，手上並沒有多少可以自保的符。

所以他們特別找了間屋頂可以讓他們使用的民宿，主要就是為了製作接下來會用到的符。

魔悟之後，鍾家續已經知道該如何製造專門捕獲元型之靈的專用符，這也正是他們需要找間可以使用屋頂的民宿最主要的原因。

因為製符的過程需要經過一日一夜的曝曬，所謂的吸收日月精華，大概也就是這麼一回事。

前天下午，鍾家續就先將一批符泡過特製的符水，完成曝曬前的最後一個步驟，接下來只要將符整齊地擺放在屋頂曝曬就可以了。

昨天晚上上來翻面、整理後，再經過一個晚上的今天就可以完工了。

鍾家續檢查了符的狀況，確定沒問題後，拿出袋子小心翼翼地將符一張張收起。

如此一來，準備拿來抓鬼的符，也已經齊備，接下來就只剩下落實三人的抓鬼計畫了。

雖然魔悟後，鍾家續很明顯感覺到自身的成長與變化，但實際上到底是真的有所長進，還是自我感覺良好，到頭來還是需要測試一下才能夠知道。

接下來只要能夠照著三人的計畫進行，這個疑問很快就會有答案。

看著這些剛剛製好的符，鍾家續內心不免感慨，腦海裡浮現的，是當時父親將那三張特製的符，交到自己手上的那個模樣。

魔悟後，鍾家續對於自家一脈相傳下來的東西，有了更進一步的認識與了解。因此鍾家續很清楚，如果連製作這種符的技術都已經失傳，幾乎有一半以上，不，至少有八成以上的技巧，根本不可能發揮出來。

至少，光是御鬼之術，就幾乎沒有半點施展的空間。

簡單來說，如果今天要把鬼王派的技藝，製成教科書來教學的話，那麼製作這種專用的符恐怕就是第一堂課所要上的內容，就跟數學中的四則運算那樣基本。

如此重要的東西，卻變成了三張傳家寶一樣，用一張少一張，自家的沒落似乎從這裡就可以證明是個不爭的事實。

過去那些鍾家續跟父親鍾齊德學習並且熟悉的東西，很可能對一個擁有完整技藝的鬼王派道士來說，是到了山窮水盡、彈盡糧絕時才會拿出來用的緊急辦法，不然對一個正常的鬼王派道士來說，不管收大妖還是小鬼，應該都是用這種符才對，因為對鬼王派的道士來說，收服這些靈體，不過只是一個開始，體現真正的功夫，恐怕還是在收服之後的養與用。

意識到這點的鍾家續，也同時確定了一件事情。

那就是關於自己的父親鍾齊德，會不會也是騙了自己一輩子的人，想起當時的景象，他心裡有了答案——不可能。

回想過去鍾齊德將符交到自己手上的神情，讓鍾家續了解，父親不可能是騙他的。如果到頭來自己真的被騙，那麼父親鍾齊德也不可能知情，因為那種情緒真的不是能用演的就可以演得出來的。

所以鍾家續非常確定，如果那兩姊弟真的跟自己系出同門，那還真讓鍾家續感到憤怒，因為至少他可以確定，被拋棄的，絕對不是只有自己一個人而已。恐怕就連自己的父親鍾齊德，也都在被拋棄的行列中。

這讓鍾家續真的很火大，甚至很想要好好教訓一下那一對姊弟，就當作是為自己的父親鍾齊德出氣。

從這個角度來說，對於未來，鍾家續真的充滿了各種矛盾的情緒。

一方面他已經厭倦了躲躲藏藏的日子，就像他曾經跟阿吉說過的，大膽走在陽光下，本來就是每個人與生俱來的權利，所以他不想要再過那樣的日子。不過相對的，他也不想透過爭鬥，才得到這樣的權利。

對於本家與自家之間的恩恩怨怨，想到就讓鍾家續覺得厭煩。如果可以的話，他真心希望就此終結，不要再繼續鬥爭了。

另外一方面，他也有點躍躍欲試，就好像長久以來，被限制不能在外面使用這些技巧，當時的心情一樣。但如果這個代價，就是帶來血與淚的話，鍾家續寧可不要。

如果說歷史給了人類什麼真正的教訓，那就是無謂的戰爭，只會帶來無數的悲劇。現在的鍾家續比起任何人來說，更能體會到這一點。

就在這個時候，亞嵐跟曉潔也來到了屋頂。

亞嵐拿起了其中一張符問：「這就是那些特製的符？」

鍾家續點了點頭。

亞嵐打量了一下，確實看起來跟當時鍾家續拿出來的差不多，不過就是新了許多。

有了這批新符，就可以用完全不一樣的形式將鬼魂全部收集起來，不需要用到那剩下的兩張父親給他的符了。

其中一張，已經被鍾家續拿去護貝，他準備真的讓它變成傳家寶一樣的寶貝來珍藏。除了紀念已故的父親鍾齊德外，另一方面這也是一個證據，一個鬼王派曾經拋棄自己的證據。只要看著那張符，就會讓鍾家續想起今日的一切。

在確定符沒問題之後，鍾家續將所有符都收好。

「符搞定了，」亞嵐說：「那麼接下來呢？要照原定的計畫？找旅館看有沒有鬼？」

這是三人原本訂下的計畫。

「不過，」鍾家續說：「既然都已經回來這裡了，我想有些地方，可以去繞繞，說不定還比較快。」

對鍾家續來說，這裡是自己從小長大的故鄉，因此對這附近的狀況，比起其他人都還要了解，所以如果要說附近哪裡有繪聲繪影的傳聞，鍾家續多少也知道一點，比起漫無目標地尋找飯店來說，或許去探探這些傳聞的虛實，要比較省時一些。

雖然實行的對象可能有所改變，不過終極的目標是一樣的。那就是希望在開學前，可以多收點靈體，至少可以讓鍾家續多少保護一下自己。

至於需要多少靈體，需要多強的靈體，這些就連鍾家續也沒有頭緒。

畢竟有時候這些事情，真的需要一點機緣，就好像當時三人抓到的紅衣小女孩那樣。

所以現在也只能盡力而為，至於最後的結果如何，只能讓老天爺去決定了。

2

雖然打從出生開始，就一直在本家的陰影下活著，不過對鍾家續來說，這並非是他的全世界。只要不用那些從小學習的技藝，那麼鍾馗派的世界，就可以完全拋諸腦後。

因此鍾家續從小就習慣世界被一分為二，一個是家裡面的世界，有著本家與自家的恩怨，有著隨時被人追殺的危險，一個則是離開家之後，所面對的這個台灣社會。

關於本家與自家的恩怨，關於那些抓到就會被本家殺掉的恐懼，彷彿就只存在於家裡面。只要不要把自家所學，拿到外面發揮，就可以徹底與鍾馗派的世界隔絕。

因此，即便家規甚嚴，但大部分都是跟本家與自家之間的事有關聯，對生活以及其他方面的規矩，鍾齊德倒是相對開明許多，對課業的要求，也沒有很高，放假時甚至能讓鍾家續很自由地跟同學到處去玩。

基本上，只要鍾家續謹守那些跟本家有關的家規，其他鍾齊德並沒有約束鍾家續太多。所以這部分鍾家續從小就跟一般的小孩沒什麼兩樣，放學後也可以跟同學到處趴趴走，因此對家與學校附近的環境，都相當熟悉。

而就跟全台灣各個地方的生活圈一樣，在鍾家續所生活的地區，也有一些傳聞中鬧鬼鬧很兇的地方。

既然都已經回到這裡，或許去那些地方看看會是個不錯的決定。

當然一部分也出自從小到大對於那些傳聞的好奇，另一部分則是因為時間緊迫，實在沒有餘裕在那邊東挑西揀，因此鍾家續才會如此提議。

曉潔跟亞嵐聽了也覺得這是個不錯的主意，於是三人便前往，三重區最知名的地點之一，同時也是蘆洲、三重青少年最常聚集的這個場所。

原本照三人的計畫，應該是到了附近，然後憑藉著當年同學們跟自己說的那些鬼故事，一一探訪那些繪聲繪影的地點，接著找個適合的地方測試一下，如果確定有靈體，三人就可以看情況找個人比較少或者比較方便的時間動手，不過情況卻遠遠出乎鍾家續的意料之外，因為此刻的鍾家續，已經跟當年天真無邪地在這裡閒晃的青少年完全不一樣了。

這個不同絕對不是因為年齡增長，或者是這邊環境有所改變才產生出來的結果，說穿了，場所並沒有什麼太大的改變，但不一樣的人是鍾家續自己。

才跟著人潮走入這個地方，立刻讓鍾家續感覺到極度的異常。

「這絕對是個錯誤的決定！」這就是鍾家續最直接的感受。

十多年前這裡發生過大火，也發生過幾起出了人命的鬥毆、砍人事件，因此關於這邊的恐怖故事，從鍾家續小的時候就不曾停過。

即便過了幾年，這裡仍然是三重區最熱鬧的地方之一，加上現在又正值暑假尾聲，因此才剛過中午，這裡已湧現人潮。

光是這樣的人潮，就讓亞嵐與曉潔懷疑這裡真的會有那些妖魔鬼怪嗎？

其他的不說，光是這人潮匯集的人氣，說不定就足以讓任何鬼魂逃之夭夭，避之唯恐不及了。

但鍾家續卻很清楚，事實並非如此。

當初完成魔悟的修行，離開陽明山時，鍾家續就曾在沒有開眼的情況下，看到一個靈體，如今來到這個過去自己曾經熟悉的地方時，他感覺非常不對勁。

幾乎經過每一個角落，都可以看得到一些詭異的東西，而且這些靈體的分布，跟自己想像的完全不一樣，有些靈體甚至穿梭在人群中，就好像真正的活人一般。

這讓鍾家續感覺，更加擁擠到完全喘不過氣來。

每一個路過身邊的人，都讓他分不清到底是活人還是鬼魂。

修行過的人，對靈體都會產生一些不適的反應，這點鍾家續很清楚，但他沒有想過這樣的反應竟會如此強烈，甚至讓自己喘不過氣，整個人都快暈過去了。

畢竟這裡自己以前也不是沒來過，雖然多少有些感覺不對勁的地方，不過反應從來不曾像現在這樣強烈，強烈的程度甚至讓鍾家續感覺到快要暈過去了。

就在鍾家續快要撐不下去時，突然感覺到兩股力量一左一右撐著自己，穿過那讓自己作嘔的人潮，離開這座年輕時，不知道瞎耗了多少光陰的大樓。

當然，這一左一右兩個支撐鍾家續的人，就是同行的亞嵐與曉潔，兩人就是發現鍾家續神情很不對勁，因此才趕快扶著他逃出來，誰知道即便遠離那個環境，鍾家續還是臉色蒼白，神情痛苦。

就算在附近稍微休息了一下，鍾家續還是很不舒服，因此兩人也不知道該怎麼辦才好，不過看到鍾家續的狀況，大概也猜想到，這個計畫恐怕失敗了。

既然鍾家續的在地計畫失敗了，三人就順勢搭著捷運來到台北火車站。

在鍾家續製符的這段時間，曉潔跟亞嵐也按照原本的計畫，上網找尋合適的飯店。

結果有篇貼在社群網站的文章，吸引了亞嵐的注意，裡面提到在台北車站附近有間年久失修的旅館，發文者在旅館裡看到一個非常恐怖的女鬼。

當然，類似這樣的恐怖故事，其實到處都可以看得到，不過真正讓亞嵐好奇的地方還是在文章下面，有許多人留言，不但有人跟發文者有相同的經驗，甚至有人靠著文章中的內容，推敲出旅館正確的位置。

既然鍾家續那邊的計畫沒有辦法實現，那麼三人也只能照著先前的安排，先到台北火車站附近，然後再看看情況。

經過了一段時間的休息後，鍾家續的身體狀況好多了，反正旅館在那裡也不會跑掉，三人就先找了間咖啡店，坐下來讓鍾家續稍微休息一下，同時也讓他說說剛剛到底是什麼情況。

不過實際上的情況，其實鍾家續也說不上來，只能照實把當時的情況描述給兩人聽。

「所以，」聽完了鍾家續的話之後，亞嵐皺著眉頭問：「這次跟我們下山那次一樣？你看到了那些平常看不到的好兄弟？」

鍾家續抿著嘴，似乎覺得這麼說好像又不太正確，不過也不知道該怎麼修正，皺著眉頭苦著臉說：「說是好像是，不過感覺又不太一樣。」

亞嵐一臉狐疑，等待著鍾家續給個解釋。

「該怎麼說呢？」鍾家續用手捏了捏自己的後頸，「陰陽眼這種東西，其實嚴格講起來並不存在，沒有人可以隨時隨地看得到鬼……又或者可以說，鬼不是隨時都可以被看見。」

當然，這關係到很多理論上的東西，一時之間鍾家續也沒辦法解釋得很清楚。

「簡單來說，」鍾家續只能搖搖頭說：「我應該不是什麼陰陽眼，就只是……對靈體產生的反應比起以前來得嚴重很多。」

這也是目前鍾家續唯一勉強可以湊出來的答案，不過有一點鍾家續非常肯定，那就是這樣的情況，恐怕短時間之內，不會有所改變，甚至很有可能永遠都如此，因此，只要真正遇到靈體，或許自己能夠有更多的了解也說不定。

經過了一段時間的休息後，鍾家續的身體狀況終於恢復正常，在確定鍾家續沒事後，三人離開咖啡廳，朝著網路上那間旅館走過去。

靠近火車站的好處，就是到處都可以看得到各式各樣的飯店與旅館。有給年輕人與背包客住宿的，也有給商務人士的星級旅館，不管你的預算到哪，在這附近都可以找得到合適的住宿場所。

三人來到了傳聞中的那條街上，街道狹小僅可供一輛車子通過，巷道兩邊是許多路邊攤所形成的美食區，再兩側都是老舊的平房，樓高頂多不過三、四樓的高度。

而在這條巷道的盡頭路口，就是那間有著恐怖傳聞的旅館，不過當三人來到了旅館所在的地點時，曉潔跟亞嵐都看傻了眼。

網路上的那篇文章，大概是一年多前的文章，而此刻眼前的旅館看起來，完全不像間古老又鬧鬼的旅館。整棟建築物不知道是改建還是重新裝潢，變成一間提供給年輕人與背包客住的青年旅店。顯而易見的是，這間剛裝潢好沒多久的旅店，絕對不是那間在網路上傳聞說破破爛爛到鬧鬼的旅店。

「那個……」亞嵐問一旁一樣傻眼的曉潔，「重新裝潢過後，鬼魂還會留著嗎？」

對於這個疑問，曉潔當然沒有答案，因為這很難說，沒人知道在這樣的情況之下，那些靈體到底還會不會留下來。

一旁的鍾家續，摸著自己的胸口，正慶幸先前那種痛苦的感覺好不容易消退，不過感覺這種東西，有時候就是這樣說來就來。

因為正當曉潔跟亞蘭，都為那間旅館已經改建而苦惱不已之際，鍾家續的背脊突然發寒。回過頭去看著旅館對面的小巷子，那裡傳來了鍾家續從來不曾感受過的強大感應，難以言喻的恐懼油然而生。

就這麼愣愣地看了片刻，曉潔跟亞嵐也注意到了，靠了過來。

三人就這樣愣愣地望著巷子一會，半晌，從巷子深處傳來了一陣淒厲的叫聲。

3

三人循著尖叫聲，一路朝另外一條更狹小的巷子走去。

從巷子兩側的商家看起來，這裡應該是一個小型的菜市場，空氣中也確實瀰漫著菜市場特有的味道，不過很有可能是早市，因為在夕陽即將西下的此刻，許多店家都已經拉下鐵門休息。

隨著三人深入巷子，嘶吼也越來越大聲，從聲音聽起來，應該是個男性。

由於兩側商家都已經拉上鐵門，因此巷子裡面的行人疏疏落落，偶爾與幾個人擦肩而過，都可以看到那些人臉上帶著恐懼的神情，似乎也為這不斷傳來的聲音感到不安。

大部分的人，聽到這陣聲響，都是轉向聲音傳來的方向，看了幾眼之後，就趕忙朝著反方向而去，極力想要快步遠離那聲音的源頭，只有曉潔等人，逆向行進，朝聲音的源頭處去。

循著聲音的方向，轉了個彎，就看到了巷子不遠處，有一道拉開的鐵門，聲音似乎就是從那邊傳出來的。

三人靠過去，從鐵門外的攤子看起來，這裡白天很可能是賣肉品的肉販。

攤子後方有三扇鐵門，左右兩邊的鐵門緊閉，只有中間的鐵門拉開，而那悽慘的尖叫聲，正是從那扇大開的鐵門中傳出來的。

這時，鐵門附近不只有曉潔等三人，就連附近的巷弄鄰居，也被這陣尖叫聲吸引，紛紛靠過來看個究竟。

不過或許是因為市場本來就沒有什麼居民，因此圍觀的人並不多，而且都距離鐵門有一段距離。另外雖說是在巷道裡，不過因為外面就緊鄰著大馬路，因此車水馬龍的聲響，蓋過了這些叫聲，如果三人剛剛不是剛好在巷子口，可能也不會聽到。

三人加入那些圍觀者的行列，跟著一起朝鐵門裡面看，立刻就看到了驚叫聲的源頭。

屋子裡是個一般人家的客廳，有著一張長形的沙發，以及一個簡單的櫃子，櫃子上面擺著一台不算大的電視，整個空間還算寬敞。

不過真正的重點，應該就是在客廳中央，一張搬來的椅子上面，綁著一個年約十來歲的少年，而眾人所聽到的嘶吼尖叫聲，就是來自少年。

鐵門的另外一邊，一對中年夫妻，淚眼迷濛地看著自己的孩子，被五花大綁在椅子上。

只見那少年瘋狂地拉長了脖子，不停叫著，爸爸在一旁壓住他，不然光憑身上那些繩子，可能沒多久就會被掙脫了，就連少年所坐的椅子，感覺都不是很牢固。

也不知道是因為少年吼叫的關係，還是因為已經快到情緒的極限了，爸爸轉過頭對媽媽吼道：「師父人呢？」

媽媽一臉慌張拿起了手機，撥了電話之後，因為聲音太吵，所以拿著電話到了後面的房間。

爸爸用手壓著少年，然後怒目對著鐵門外那些圍觀的民眾掃視過去，似乎對這些圍觀好奇的民眾感到不滿，但也沒辦法阻止的感覺。

過了一會，媽媽跑出來對爸爸說：「在路口了，快到了。」

聽到媽媽這麼說，圍觀的民眾不約而同望向路口，彷彿在期待著什麼。

或許就是因為要等所謂的師父來，所以才會把鐵門拉開，不然像這種情況，不管是誰都不希望像動物園裡面的動物一樣被人觀賞。

待在人群中，跟著大家一起看著鐵門裡面動靜的鍾家續，雙眼卻直視著那個被綁在椅子上的少年，一個名字浮現在鍾家續的腦海中，一個非常不妙的名字。

情況就跟當時下山時一樣，明明什麼測驗都沒有，明明不可能光是這樣一眼就能判定，但鍾家續卻有種十分肯定的感覺，認定眼前讓這少年如此瘋狂的原因，就是源自這個名字。

如果說，這個名字真的就是導致這一切的元兇，那麼就算是三人聯手，恐怕也不是對手。

不過現在，對這個名字的真實性，鍾家續其實沒什麼信心，因此猶豫著該不該跟兩人說。

就在思考之際，另外一邊的巷口，一群人浩浩蕩蕩地快步走了過來。

情況就好像在發生火災時，看到消防車前來一樣，所有人臉上都有種期待的表情。

領頭的師父一身道袍，看起來好像很習慣遇到這種場面，走起路來感覺真的有風般，神采飛揚。

一群人魚貫地進入了鐵門，一看到師父前來，那對中年夫婦只差沒有跪拜下來，感激之情溢於言表。

也不需要等師父開口詢問，心急如焚的媽媽，已經把小孩子的狀況全部說了出來，而且不只有師父一行人聽到，就連門外圍觀的群眾也都聽得一清二楚。

雖然做爸爸的不喜歡這樣被人打探隱私，不過礙於師父一行人人數眾多，塞在客廳裡可能有點擁擠，所以鐵門也不方便拉下，只能怒目看著外面的群眾，也不能做些什麼。

不過也正因為這樣，才讓鍾家續有機會聽到那少年的狀況與演變成這樣的原因。

雖然實際上的情況怎樣，做媽媽的也不是很清楚，不過大致上來說，大概就是少年有天出門打算在附近吃消夜，結果里長通知時，卻發現少年暈倒在巷口，而且從媽媽所指的方向看起來，似乎就是三人剛剛聽到尖叫聲的那個巷口。

原本還以為少年是被人襲擊，不過送醫之後，全身找不到任何傷痕，而且少年就一直昏迷不醒，醫生也不知道什麼原因，就這樣昏迷了幾個月。

既然西方的醫學沒有辦法讓自己的孩子清醒，夫妻倆於是轉向東方的神秘力量，找來了幾個法師、道士幫忙看看，結果也不知道到底是好還不好，這一看，孩子是醒了。

但整個人就像現在這樣，跟瘋子沒什麼兩樣。

當然，這些情況鐵門外的群眾，包括曉潔跟鍾家續都聽到了，曉潔這邊是越聽臉色越沉，鍾家續則是越聽越確定剛剛腦海中浮現的名字，正是這個事件的元兇。

而就在鍾家續準備將這個壞消息告訴兩人時，房子裡的道士似乎在雙親的催促下，迫不及待地開始搖起鈴鐺，作起法來了。

不只有三人，就連原本圍觀的民眾，見到道士開始作法，也紛紛伸長脖子，想看個仔細。

當然，有道士到場，讓大家都鬆了一口氣，只是那道士的作法，不需要鍾家續跟曉潔這種受過正規訓練的道士，就連亞嵐看了也不禁皺起眉頭，內心大喊不妙。

不過一切都已經來不及了，只見道士繞著少年轉，一邊搖鈴鐺，一邊唸唸有詞，不過對三人來說，最驚恐的還是道士手上拿的那柄劍。

道士拿著那支劍，就好像拿著愛的小手一樣，不時用劍身拍打少年的臉，挑釁的意味十足。

不要說少年體內的鬼了，就算是少年沒被鬼上身，光是這欠揍的動作，就足以讓人抓狂。

鐵門裡道士與少年體內惡靈的對決，就在這種極度緊繃的情況下開始了。

4

鐵門裡那個道士與他的弟子，真的可以用興高采烈來形容。

而就在他們熱衷於作法的時候，鍾家續沉著臉，將剛剛就一直盤據在自己腦海中的名字，分享給曉潔與亞嵐。

——地狂魔，這就是糾纏著少年的靈體。

對於這個靈體，鍾家續可是一點也不陌生，因為這個靈體，多少也算是祖先的驕傲，而且跟鬼王派之間，有著很特別的關係。

在過去十二門的時代裡面，有所謂的「三凶四險」，意味著只要遇到這七種靈體，都需要立刻尋求十二門的協助，因為這些靈體不是一般的道士可以應付的。

其中當然最有名的就是天逆魔，這個就算是十二門，恐怕也沒有辦法應付的靈體。

而「地狂魔」，名列在四險之中，由此可知，是極為難以對付的對手。

雖然鍾家續一直想要試試自己魔悟之後的身手，但絕對不是這樣的恐怖對手。

一般來說，所謂的狂，在處理時，真正困難的點，其實是宿主的部分。

想要對付狂，並且讓宿主平安，往往都是最困難的一件事，也是對付狂時所需要面對的最大挑戰。

然而，地狂魔可說是個例外，即便不考慮宿主的死活，也是十分難以對付的對手。

因此如果這個少年真的是惹到了地狂魔，恐怕就算鍾家續想出手，也不是那麼容易的一件事。最糟糕的是，說不定還得賠上連自己在內的其他人性命。

雖然剛剛聽媽媽描述情況的時候，曉潔就已經猜到是狂，但真聽到鍾家續說出那三個字，原本就已經沉入海底的心，此刻更宛如沉入更深的海溝。

就如天逆魔，為一百零八種靈體之首一樣，各類別中有天與魔的組合，幾乎都是最難纏的對手。其中的逆，就是最為典型的案例。在狂的九種組合中，最棘手與危險的，正是地狂魔。

以地狂魔來說，其中最有名的案例，就屬法老王金字塔事件，當時負責挖掘金字塔的研究團隊，從金字塔裡拿出來的東西中，其中便附有這樣恐怖的靈體。

結果研究團隊將那個靈體輾轉從英國一路運回美國，不只讓研究團隊的所有成員死於非命，最後被旅居海外的鍾馗派道士發現，向本家發出求援，才由當時東派的掌門率領弟子前往美國救援，處理完這一連串的事件。

這起事件，多少也成為東派最得意與驕傲的事件，更是後來每個東派弟子，隨時都能朗朗上口的傳家故事「渡洋伏狂」。

就算不是東派弟子的曉潔，在聽阿吉解說這一段時，他也簡單提及過這個故事。東派掌門當時帶了九名弟子去，最後只剩下三個回來。戰況之慘烈，可見一斑。

雖然說實際上，不管是鍾家續還是曉潔，都不曾真正對付過地狂魔，但至少有件事情兩人非常清楚，那就是如果是幾個月前的兩人，是絕對不可能對付得了這個對手的。

「可是，」曉潔皺著眉頭說：「我聽阿吉說過，一般來講，地狂魔不太會上人身，除非……」

說到這裡，曉潔不自覺地把頭轉向了三人一開始目標的那間旅館。

「除非棲息的地方，」曉潔幾乎變成了自言自語，「遭到了破壞或干擾，才會上人的身。」

如果綜合剛剛那位媽媽所說的話，曉潔大概也理出了一點頭緒，至少比起裡面那個已經開始作法，卻還搞不清狀況的師父要好得多。

簡單來說，就是這個地狂魔，很可能以前是附在那間被改建的旅館中，結果因為改建，破壞或損害了他原本棲息的地方，導致地狂魔跑出來。而這個少年，應該就是在這種情況下，被地狂魔襲擊才變成這樣的。

就在曉潔這麼想時，亞嵐將手機拿到曉潔與鍾家續面前，兩人湊過去看，是關於一棟老舊旅館改建的新聞，從照片看起來，似乎就是先前網路上說鬧鬼鬧很兇的那棟。

這則新聞的時間，大約是半年多前，推算起來，確實很符合少年被上身的時刻，等於間接證實了曉潔的推測。

「不過，」對兩人所說的那個強大靈體，亞嵐有點疑惑。「那棟旅館也存在那麼多年了，怎麼都沒有人被他上身？」

會有這樣的疑問，是很自然的，畢竟他們看過那些關於原旅館的鬼故事，沒有一個像是鬼上身。如果有的話，透過這些故事，曉潔就有機會判斷出旅館中的靈體很有可能是狂之類的。

「一般來說，」曉潔側著頭說：「確實應該不會連事件都沒發生過才對，不過我想那些鬼故事所出現的靈體，多半都不是那個少年身上的狂魔，頂多就是被狂魔吸引過來的鬼魂吧。」

雖然，已經大致有了個底，至少搞清楚來龍去脈，甚至對少年身上的狀況，有了最基本的了解，但現在三人還只是在鐵門外旁觀的外人，主導整個驅魔儀式的，是鐵門裡的那位道長，而且在三人的眼中，這位師父，很明顯完全不知道自己在幹什麼。

但光是那自信的模樣，加上一副老神在在的姿態，就很具有說服力，至少在場的所有民眾，只有曉潔等人對他有所懷疑。

裡面的師父熟練地繞著少年打轉，口中唸唸有詞，聽起來就好像什麼咒文一樣，不過因為中間夾雜著少年的嘶吼聲，所以根本聽不清楚師父到底在唸什麼。

雖然驅魔的門派很多，對抗地狂魔也不是非得要鍾馗派或鬼王派的人出馬才行，不過就算是不同的門派，有很多東西也都是共通的，這點甚至連天主教的驅魔儀式，都有類似的案例可供參考。

不過不管哪一派的驅魔儀式，絕對都沒有此刻鐵門裡那個師父所做的事情荒唐。

因為無論是誰都知道，如果要對付這樣的狂魔，最重要，也是第一件要做的事情，就是不要太過激怒對方，如果對方正處於激動的情緒下，也要盡可能先安撫，如果不這樣，只會讓情況變得更糟。

偏偏，此刻不要說狂魔了，不管是誰被綁在那張椅子上，都很可能被這個繞著自己轉，還一邊用木劍挑釁地打自己臉頰的師父，搞到怒火中燒。

雖然，鍾家續很希望可以試試自己的實力，但對象卻絕對不會鎖定在像地狂魔這樣強大的靈體上。

更何況，現在也實在沒有自己置喙的餘地，眼前的這個道士，恐怕只會把事情越搞越糟，甚至到一發不可收拾的地步。

不過此刻不要說鍾家續了，就連曉潔也沒有半點辦法，只能眼睜睜地看著一場悲劇，即將發生。

第3章・血腥招親

1

阿吉眨了眨眼，整個世界再度變得有意義。

隨著意識甦醒過來的同時，內心的感受也開始逐漸浮現，那是懊悔與氣憤的情緒。因為，這次又失敗了。不需要其他人幫阿吉釐清，腦海裡的畫面已經說明了一切。

回憶帶他回到了山上，幾乎有機會把他們一網打盡的那天夜晚，但該死的失神狀況，卻選擇在最糟糕的時候讓自己停機，不要說結果變成這樣了，光是眾人還能夠安全回來，都已經算是老天保佑了。

結果不但沒有抓到那對姊弟，就連另外兩個原本他們跟蹤的目標，也是一死一逃。雖然逃走的何國彬，目前下落不明，不過現在發生了這樣的事情，要想找到他恐怕比先前更困難了。

這樣的結果讓阿吉沮喪到了極點，畢竟阿吉也知道這次的機會有多麼難得，而且，就先不說打草驚蛇了，光是想像之後可能產生的變化與影響，就讓阿吉感到絕望。

當然阿吉也知道，自己都這麼沮喪與絕望了，陳憶玨那邊恐怕只有更糟。經過這麼多年的追查，終於有機會可以把幕後真兇給楸出來，最後還是差了這麼一點，沒能夠逮到活口，探查出更多的消息，檢警陷入的困境可想而知。

另外，這次的經驗，又再次讓阿吉了解到自己的狀況有多麼不堪，先不說如果在正常的狀況下，阿吉這邊可能早就已經有各種可行的辦法，去獵捕那些鬼王派的人。

光是動手時，像這樣無預警就突然失神，不只會為自己帶來危害，就連同行者，也有可能因此身陷險境。

有了這樣的覺悟，讓阿吉不免開始懷疑，這樣堅持站到前線直接面對這些鬼王派的人，到底是對的還是錯的？這麼做，會不會只是給其他人帶來困擾？

雖然有這樣的疑慮與想法，不過如今鍾馗派的道士，只剩下他跟曉潔了，他不做，恐怕只剩曉潔可以做⋯⋯

而且導致這樣結果的人，還真的就是阿吉自己。鍾馗派會陷入這樣的絕境，就是因為那場J女中的決戰。這大概就是所謂的自作孽，不可活吧？

想到這裡，阿吉也只能沮喪又無奈地搖搖頭，與此同時，一陣撲鼻的香味引起阿吉的注意，低頭一看，自己正坐在餐桌前，而在餐桌上擺著滿滿一桌美味佳餚，其中有不少菜都是阿吉愛吃的。

雖然感覺到沮喪、難過，不過生理的反應還是很真實的，看到這些食物，肚子也立刻不爭氣的叫了起來。

「你醒了啊？」

熟悉的聲音傳入耳中，阿吉抬頭一看，玟珊戴著隔熱手套捧著一鍋熱湯走了進來，阿吉愣愣地點點頭。

這時剛好是晚餐時間，不，應該說已經過了一般人的晚餐時間，只是為了讓阿吉可以清醒享受晚餐，這陣子玟珊都特別晚才準備，就是為了跟阿吉一起吃飯。

擺好湯後，準備也告一段落了，玟珊在阿吉對面坐下來，正準備要吃飯時，大門傳來了拍門聲。

突如其來的聲響，讓兩人緊張了一下，直到門後傳來一道熟悉的聲音，兩人才放心地將門打開，來訪的人是陳憶玨。

「吃過了嗎？」阿吉問陳憶玨。

陳憶玨本來想要揮揮手說自己不餓，不過忙了一整天，連午餐都沒吃的她，手才剛舉起來，就看到桌上滿滿的佳餚，原本要客氣一下的話，也就吞回了肚子裡。

陳憶玨搖搖頭，阿吉見了就說：「那就一起吃吧，有什麼事情，邊吃邊說吧。」

畢竟兩人當年也算是一起長大的，本來就跟兄妹沒什麼兩樣，因此陳憶玨也不打算客氣，就這樣坐下來一起吃飯。

為了讓胃口好一點，所以三人彷彿刻意避開了那些讓人沮喪的話題，等到都吃得差不多了，才開始聊起案件。

「如今，」阿吉皺著眉頭說：「事情變成這樣，接下來就差不多只剩下兩個可能。」

陳憶玨擦了擦嘴，示意阿吉繼續說下去。

「要嘛就此收手，」阿吉說：「要嘛就是等到風聲過後，再找尋下一個目標。如果說我們那晚所見到的人，就是他們所有剩下的人，那麼實際上可能他們就只剩下三、四個人，在這種情況下，很可能就此收手也說不定。」

陳憶玨點頭表示認同，尤其這次是警方主動出擊，表示警方已經循線找上他們，任何正常的犯罪集團，應該都會在這個時候選擇跑路或者躲起來避避風頭。

雖然就當時的情況看起來，應該至少還有一個師父級的人物沒有現身，不過差別應該不會太大。

當然，這是就目前的狀況所做的推測，不過畢竟對方不是一般的犯罪集團，說不定差這個師父，很多事情都會有所不同。而且對阿吉來說，問題恐怕不在人數，而是質量。說穿了，其實真正的問題在於那個一直沒有露出廬山真面目的師父，到底有多厲害——這也是阿吉最頭痛的問題。

雖然目前看起來，逃跑的那些人，就實力而言不足畏懼，不過阿吉自己也清楚，自己擁有如今的實力，絕對是意外中的意外。

如果不是幾年前用了真祖召喚，加上師父呂偉道長，曾經展現過「人自蝕」真正的威力，若在完全未知的情況下，遇到那個在頑固廟的中年男子，雖然不至於到毫無抵抗之力，不過勝負真的很難說。

這點阿吉非常清楚，單純就那個中年男子擁有的實力來說，這位師父的實力，只有可能更高，不可能比他還低。

也就是說，過去的阿吉就不用說了，甚至是現在的阿吉，也很可能不是那個師父的對手。畢竟阿吉對鬼王派並不熟悉，讓他很難估算對方的實力。因為對阿吉來說，所謂的鬼王派，真的就好像當時自己告訴曉潔的那樣，應該只是過往的歷史，只存在於課本之中才對，所以一直沒有真正認真看待過這些歷史。

在這種情況下要評估，就像是估計如果拿掉科技這個變數，在雙方相同的情況下，現代人是否能夠抵抗得了蒙古大軍的入侵一樣，都是假設性的問題，實際上蒙古騎兵有多強，也只能夠靠推敲，所以這就成了最主要的問題。

紙上談兵、機關算盡，也不見得真的可以應用在現實生活上。

當然光憑現在的心情，就算沒有半點勝算，阿吉也絕對會跟這一切的幕後黑手拚命，就像當年的J女中一樣，可是這幾次的經驗讓阿吉知道，現在可能不是自己想拚就可以拚的。

想到這裡，又讓阿吉想到如果那天晚上，自己可以活逮那對姊弟就好了，那麼或多或少可以得到一些可靠的資訊，不至於像現在這樣，宛如瞎子摸象。

「真的很抱歉，」阿吉仰頭無奈地說：「現在的我實在幫不上什麼太大的忙。」

「哪是，」陳憶玨搖搖頭說：「你已經幫夠多忙了，如果不是你的話，說不定現在犧牲的都是我們警方的人。」

其實阿吉不需要說，光憑兩人的交情，以及過往的了解，陳憶玨絕對清楚知道阿吉此刻的心情，不過阿吉還是對陳憶玨感覺到歉意。

「我們已經派人去找你們說的那對姊弟了，」陳憶玨說：「可能還需要一點時間，不過就像你說的，最糟糕的情況就是，一旦他們收手，甚至逃回日本，這條線索很有可能就這樣斷了，所以我也請人去機場盯著。」

阿吉點點頭，不過就連他也知道，這多半只能用來安慰自己，事實上，他們的行為已經證明了他們目無法紀，根本不把一般的政府與法律放在眼裡，因此就算通緝了，能不能找到還是個未知數，更重要的是就算找到了，憑一般的警力根本不可能抓得住。

除此之外，阿吉也知道剛剛說的這兩種可能性，並不是單純機率上的情況，畢竟對方也不是笨蛋，肯定會挑選對自己有利的方法來進行。換句話說，如果對方從此銷聲匿跡，就表示他們很可能不是阿吉的對手，自然不想跟阿吉交手，而那些命案也會跟著成為懸案，永遠沒有辦法解決。相反的來說，一旦對方決定繼續下去，多半就是研判自己絕對可以贏過阿吉。像這樣主導權完全落入對方的手裡，才是現在最讓人頭痛的地方。

「那麼接下來該怎麼辦？」玟珊問：「難道真的只能被動地在這邊等著嗎？」

面對這個問題，不管是阿吉還是陳憶玨，都沒有辦法回答。

這時陳憶玨的手機響了起來，陳憶玨將手機接通，才聽了一會，臉上的神情驟變。

因為電話的另外一頭，傳來了一個不管是誰都沒有料想到的消息。

「真的嗎？」陳憶玨難掩激動地對著手機叫道：「好，你們立刻留住他，我會盡快趕過去。」

掛上手機，陳憶玨仍然有點激動，她站起身來，瞪大雙眼看著阿吉與玟珊，過了一會，才可以開口將自己剛剛得到的驚人消息，告訴兩人。

「你還記得在陽明山上逃跑的那個何國彬嗎？」

阿吉點了點頭。

「剛剛，」陳憶玨將手機舉起來說：「他向警方自首了。」

「什麼？」阿吉跟玟珊異口同聲。

因為這確實是超乎兩人想像的情況。

不過不管是誰都不能否認，情況確實已經有所改變，而且朝著三人都不曾想過的方向而去。

到底這個自首，是真的還是另有陰謀，這點三人還不知道，不過這個消息與轉變，確實為三人帶來了一絲希望的曙光。

2

情況確實遠遠出乎三人意料，想不到對方竟然有人自首，從過往的案例看起來，這些人似乎都視死如歸，即便被捕之後，也都會用各種意想不到的方法了結自己的生命，因此不免讓人懷疑，這會不會又是另外一個陰謀。

即便如此，陳憶玨還是以最快的速度，帶著阿吉與玟珊，一起南下前往何國彬自首的警局。

雖然在路上阿吉就已經告訴陳憶玨，最好還是等到第二天晚上，也就是自己清醒之後，再進行偵訊，至少也多一層保障，但陳憶玨因為擔心時間拖久了，對方可能會改變心意，另一方面也擔心先前看守所的事件會再次上演，因此第二天一早，就立刻前往警局，跟自首的何國彬見面。

雖然何國彬是因為自己的母親被人殺害，才會跑來警局自首，但實際上，他所自首的案件，卻是另外一起殺人案，而這起殺人案，被歸屬在一樁連續殺人事件中，負責這起案件的人，正是陳憶玨，因此陳憶玨才會在第一時間得知這個消息，並且決定立刻前往扣留何國彬的警局。

連夜趕下來的不只有陳憶玨，幾個負責此案的專案小組成員，也漏夜南下，就是為了要好好偵訊這個好不容易才出現的線索。

漏夜南下的陳憶玨，在安置好同行的玟珊與阿吉，自己也只有趴在桌上小睡片刻，等到第二天一大早，就立刻跟其他趕來的同僚會合，一起前往警局準備偵訊何國彬。

當陳憶玨與其他同仁抵達警局時，何國彬已經坐在偵訊室裡，靜候眾人的到來。

原本還以為到手的鴨子飛了，誰知道這鴨子竟然還自己飛回來。這是陳憶玨見到何國彬時，心中浮現出來的想法。

於是，這場眾人期待已久的偵訊，就這樣在複雜的心境下展開。

「我叫何國彬，」在警方的要求之下，何國彬簡單的自我介紹。「六年前，我只是個一般人，跟你們一樣的一般人，然後我遇到了……」

這時其中一名警員拿出了錄音設備，準備將何國彬的供詞錄下來。

「不用錄音了，」何國彬一臉不悅地說：「如果我要，我隨時都可以……我實在不知道，我為什麼要浪費時間，聽著，我希望你們幫我找到一個人，只有他有可能可以救我，如果你們沒有辦法找到他，那不好意思，我需要先離開了，這件事情就當作沒有發生吧。」

如果是在其他的情況下，或許在場的員警有人會忍不住說：「你以為你說來就來，說走就能走嗎？」

不過這些人已經證明了，他們確實能夠說來就來、說走就走，因此沒有人敢多說什麼。

不過尋人這檔事，不是說找就能找到的，因此沒人敢給他什麼實質的保證。

「先說說看吧，」陳憶玨搖搖頭說：「你要我們找的是什麼人。」

「他是一個鍾馗派的道士，」何國彬說：「一頭金髮，看起來痞痞的。」

可能也感覺自己給的情報實在不夠多，光憑這樣很難找到人，不過就當時的景象來說，何國彬能給的也真的就只有那麼多，因此連何國彬自己都只能搖搖頭。

不過……偏偏就只需要這麼一點情報，對熟悉鍾馗派的陳憶玨來說，就非常足夠了。

陳憶玨將皮包拿出來，然後用手指小心地將自己的頭遮住，指著照片中的阿吉問：「你說的，是他嗎？」

何國彬瞄了一眼，皺著眉頭一會之後，用力地點著頭說：「應該就是他，對，只是年紀要再大一點。」

確實，何國彬要找的人，正是那天把他嚇到拔腿狂奔的阿吉。

因為也只有阿吉，才有可能對付得了自己那個恐怖的師父。現在，這也是何國彬唯一能下的賭注了。

其實，在自己的師兄們，接二連三被警方逮到，何國彬就已經猜想這個金髮的傢伙，就算不是警方的人，應該多少也跟警方有些關係，才能夠這樣接二連三把自己的師兄打倒，並且送到看守所裡去。

這就是何國彬會自首最主要的原因，也是他下的賭注。

想要找到這個人，透過警方說不定會是最快的方法，如今陳憶玨的回答，證明了何國彬的賭注是對的。

「要找他沒問題，我保證你今天晚上就可以見到他，」陳憶玨說：「不過在這之前，你應該可以提供我們想要的線索吧？」

何國彬沉吟了一會，緩緩地點了點頭，既然警方果真如自己所猜測的一樣，可以找到那個金髮男子，自己這邊也沒有什麼好猶豫的了，畢竟這就是他最大的目的，也只有這樣，自己才有一線生機。

當然，陳憶玨這邊看到對方願意配合，自然立刻切入主題。

「在我們這邊的資料，」陳憶玨說的同時，旁邊的同僚將資料攤在桌上。「被害者絕對不是只有你自首的那一個，你可以告訴我們其他案件的情況嗎？」

「可以，」何國彬面無表情地說：「雖然那些大部分都是我師兄們做的，跟我無關，不過只要有資料，我大概可以告訴你們哪些是誰幹的。」

這樣的配合度，就連陳憶玨都感覺到有點訝異。

「那你可以告訴我們，」陳憶玨接著問：「要去哪裡找你那些師兄嗎？」

「不需要了，」何國彬冷笑了一聲說：「他們都已經被那個金髮的男人害死了，這點你們應該很清楚，不是嗎？」

「所以沒有其他人了？」

「也不能這麼說啦……」何國彬一臉為難，「如果真的都死光了，我還來自首幹什麼？」後面那句話，何國彬說得極為小聲。

「這麼說吧，」何國彬用手比了比那些桌上的資料，「大部分這些案件的兇手，都已經死光了，不過剩下的，我也不知道他們現在人在哪裡。」

確實情況就像何國彬所說的一樣，除非是真的布下陷阱，不然就一般常理來說，何國彬跑來自首，先不說其他人知不知情，光是這段時間何國彬就已經斷了跟其他人的聯繫，自然不知道他們的下落。

當然即便不知道下落，何國彬還是有很多資訊可以提供，尤其是那個最重要的一個問題——那就是幕後的黑手，到底是何方神聖。

「剩下的人的行蹤，」陳憶玨說：「我們晚點再說，不過至少你可以提供關於他們的資訊給我們吧？」

何國彬不置可否的聳了聳肩。

「你們這些人的行動，」陳憶玨接著說：「應該有個發號施令的人……或者該說師父之類的吧？」

面對這個理所當然的問題，何國彬點了點頭，不過在點頭之前，何國彬似乎顯露出了一點猶豫的神情。

「那麼可以告訴我們他的名字嗎？」陳憶玨接著問。

「……不可以。」何國彬果斷地答道。

聽到這個答案，不只有陳憶玨感覺到訝異，就連在場的其他同僚，也紛紛皺起了眉頭，不悅的神情全寫在臉上。

畢竟對方都已經自首了，但最關鍵的問題，卻不願意回答，確實讓所有人都傻眼。

當然，對於在場的其他人會有這樣的反應，何國彬也不是不能了解原因，不過他並不是不願意配合，而是真的沒有辦法做到，他也有自己的苦衷。

「你都已經自首了，」陳憶玨身邊的一個同僚開口勸說：「還想要維護其他人，如果到時候上了法院，你這樣的態度，可能會對你自己很不利，你還是想清楚吧。」

「不，」何國彬微仰著頭，一臉不屑地說：「我已經說了，我盡量配合，但這點我沒有辦法做到，我真的不能說出師父的名字。」

「你這樣根本不算配合啊！」那同僚叫道：「這是最重要，也是最基本的資訊！」

看到對方激動的態度，何國彬無奈地搖搖頭。

「你們要不要先去找那個金髮男來啊？」何國彬搖著頭說：「等到他來再繼續下去，相信我，會比較方便一點，至少他應該搞得清楚我說的東西。這樣真的很辛苦，很多事情都要跟你們這些什麼都不知道的傢伙解釋。」

聽到何國彬這麼說，原本就已經顯得有點煩躁的眾人，臉上的神情更是不悅，幾乎都快要爆發了。

陳憶玨沉下了臉，用眼神示意其他人忍耐，其他人才忍住沒有把心中的怒火給爆發出來。不過這倒不是單純因為在這個偵訊室裡面，陳憶玨的位階最大，而是其他人也了解，目前容忍對方是最有利的選擇。

最主要的原因就是，或許這位何國彬以為自己隱藏得很好，但在座的所有人，都不是第一天辦案了，尤其是陳憶玨身邊的這群探員，個個都是經驗豐富，面對這些罪犯，不，或者應該說就是面對這些人，在是非與法律的面前，為自己所做的辯護，或者是表現出來的態度，就跟當過多年的老師一樣，什麼樣的學生沒見過。

對這些學生或犯罪者來說，他們只為了自己跟警方或老師周旋，因此缺少了比較與經驗的情況下，跟老師與警察比起來，就是完全不對等的關係。

畢竟說到底，一個人以學生的身分面對的老師，恐怕一輩子的數量，都不及一個老師一年所需要面對的學生，就是在這樣的經驗差距下，才會有那種自己很特別的想法。因此大部分的人，都很難跳脫這樣的框架。

從老師或者是警察的角度來看，「自以為與眾不同」本身就是一個很常見的想法，換句話說，這根本就是一件老掉牙的事。

何國彬也不例外，從他的態度跟神情，在座的人大概都知道，這種人就是俗稱「會叫的狗不會咬人」的那種，典型的欺善怕惡。

現在會出現在眾人面前說什麼自首，根本不是源自良心的發現，而是一種逃避，這點恐怕只有他自己不知道而已，還以為隱藏得很好。

有時候別人不開口，不表示認同或不了解，只是單純不想多說而已。

或許懂得這些法術讓阿彬感覺自己彷彿變成了一個不一樣的人，但從本質上來說，他卻是最低階的犯罪者。

因此，這時候反而不需要太過刺激他，跟他發生爭執，慢慢引導他自然會把自己所知道的事情吐露出來。

果然，眾人只是默默地看著何國彬，過了一會之後，何國彬嘆了口氣。

「我就好好跟你們解釋吧。」何國彬一臉無奈地說。

陳憶玨點了點頭，示意他繼續說下去。

雖然說何國彬準備好好解釋，不過在現場可能真正聽得懂或者是會把他的解釋當真的人，恐怕也只有陳憶玨一個人而已。

不過何國彬並不管這麼多，直接就開口解釋自己為什麼沒辦法供出師父的名諱。

「在我們這一派，」何國彬平淡地說：「可以自由使用收服的鬼魂，而一般來說，我們都是在需要時，用符將這些鬼魂叫出來幫忙，而控制這些鬼魂的力量，就是我們的法力。」

何國彬不過說了幾句，現場已經有人緩緩地張開嘴，就好像聽到了什麼天方夜譚的故事一樣。然而說到這裡，何國彬也停頓了一下。

因為何國彬的腦海裡，浮現那天晚上親眼看到自己的師兄，因為召出過多鬼魂，而導致鬼魂反噬的恐怖場面。

那時候的他，雖然已經打算開溜，不過臨行前還是回頭看了一下，就看到了那個恐怖的景象。正是看到那樣的景象，才讓何國彬更加堅定地逃離現場。

「當然，這是一般的情況，」何國彬繼續說下去：「不過，像師父這樣法力高強的人，不一定需要這樣。他不一定要用符，也可以在平常就一直讓那些鬼魂常駐在身邊，就像守護靈一樣。」

話說到這邊，除了陳憶玨還是面無表情外，其他所有人都是各種難以接受的神情。

「師父身邊，」無視其他人的反應，何國彬繼續說下去：「就我所知，平常就有五個駐靈。

這是前所未有的情況，你們要知道就連歷史上，那個廣為人知的陰陽師安倍晴明，都只能夠有兩個駐靈。」

何國彬臉上浮現出一抹略顯得意的神情，環視著幾乎都聽傻眼的眾人。

而在這一片無言的情況下，只有陳憶玨還能夠有所回應。

「然後呢？」陳憶玨淡淡地說：「這跟你不供出師父的身分有什麼關係？」

「妳以為那些駐靈是好看的嗎？」何國彬搖搖頭不以為然地說：「其中有兩個，就跟傳說中的千里眼、順風耳一樣，可以把視線範圍外的情況，傳達給師父知道。而且我很清楚，一旦有人在這世界任何一個角落，提到了師父的名字，那個駐靈都會告訴師父。」

「所以你的意思是……」這時候真的只剩下陳憶玨一個人，還勉強能夠保持著理智，跟上何國彬的話。「你之所以不能說，就是因為這些駐靈會聽到？」

「對！」何國彬點了點頭說：「不只有不能說，就連寫都不能寫下來。這些都很有可能讓那些駐靈發現，暴露我的行蹤。」

這下就連陳憶玨都頭大了，姑且不論何國彬說的是真是假，只要何國彬相信這是真的，那就夠麻煩了。

「不能說……」陳憶玨沉吟了一會之後問道：「那可以回答嗎？像我問……他是不是姓鍾？」

何國彬猶豫了一會之後，緩緩地點了點頭。

當然，會問這個問題，也是基於陳憶玨對鬼王派現狀的了解，但除了姓之外，名就絕對不是這樣隨便猜也猜得出來了。

雖然只要何國彬願意配合，慢慢測驗或許還有點機會可以拼出一個名字，不過光是想像就覺得頭痛。

有鑑於其他人對於何國彬的答案，還沒有辦法接受，於是陳憶玨讓偵訊稍微暫停一下，給眾人一點休息喘息的機會。

當然，除了陳憶玨外，沒有任何人可以接受何國彬的說法，甚至連理解都有點困難。

「陳檢，」其中一名警員在離開偵訊室後，立刻向陳憶玨抗議。「妳該不會真的相信他說的話吧？」

「我相不相信不重要，」陳憶玨搖搖頭說：「重要的是他如果真的相信那些話的話，我們就得配合他。」

聽到陳憶玨這麼說，其他人也知道這點，因此也只能接受眼前的情況。

「真是個瘋子。」警員罵道。

「他沒有要求請律師到場，」陳憶玨安慰眾人，「我們就應該偷笑了。」

休息過後，陳憶玨跟其他組員討論，決定先放下關於師父的名字這個問題，畢竟眼前還有許多疑問，沒必要鑽牛角尖，等到大致釐清一些基本的問題後，再慢慢想要用什麼方法來得知這個師父的名字。

於是偵訊再度開始，事實上，跟陳憶玨所說的一樣，除了主謀者的師父名字之外，還有很多問題有待何國彬釐清。

檢警在經過了這麼多挫折後，終於有了一個可以提供眾人答案的對象，對陳憶玨甚至阿吉來說，當然有非常多有待釐清的問題，想要好好詢問對方。

不過這堆問題，如果要照重要性來排順序的話，除了那個幕後黑手的身分之外，那麼只有一個問題，是阿吉與陳憶玨最想知道的。

那就是他們犯下這些案件的動機到底是什麼？為什麼要對這麼多人出手？

當然，這個問題也是阿吉跟陳憶玨百思不得其解的地方。

就現實的層面來說，就算鍾馗派與鬼王派兩家之間有那些過往的恩恩怨怨，不過在本家已經如此凋零的今日，根本沒有必要還要這樣動刀動槍、傷害他人性命。

就算鬼王派真的在台灣揚起大旗，高調宣布自家的復興，光憑阿吉跟曉潔，也不可能對他們做些什麼，不只是沒必要，更沒有這樣的力量，可以像過去那樣，威脅對方的生計這類的。因此對方根本沒有半點必要，這樣獵殺鍾馗派的人才對。

更何況那些被他們獵殺的人，多半都是因為行為不檢被本家逐出師門，或是因為資質不合，最後沒能成為本家的一分子，有些更只是跟鍾馗派有些合作的關係，都慘遭他們的毒手。

所以如今有了一個可能可以提供這個答案的對象，對陳憶玨或阿吉來說，這就是他們第一個要問的問題。

「關於你師父的名字，」陳憶玨說：「我們之後再說，這邊我想要問的另外一個問題，我想你大概也猜到了。」

何國彬踐踐地撇了撇嘴。

「為什麼要殺害這些人？」陳憶玨說：「你們的目的到底是什麼？」

「其他人我不敢說，」何國彬攤開手說：「不過我的情況呢，大概就是人在江湖，身不由己。」

何國彬說完之後，臉上露出了一抹笑容，不知道為什麼何國彬的笑容，有種讓人惱火的能力，這或許就是所謂的相由心生吧。

光是這樣的笑容，就足以讓陳憶玨忍不住想要把腳放在他臉上，狠狠地踩個幾下。不過像這種事情，多半也只有阿吉可以真的做得到，大部分人還是只存在於腦海中的幻想而已。

「可以麻煩你說詳細一點嗎？」陳憶玨忍著心中的怒火追問。

「我的師父，」何國彬用手掏著耳朵說：「這些年似乎察覺到自己的身體快要不行了……該怎麼說？有可能真的是縱慾過度吧，天曉得師父他平常是怎麼面對那樣火辣的師母的。」

說到這裡，何國彬臉上不自覺地浮現出猥瑣的笑容，看到這樣的笑容，真的讓陳憶玨有種想要賞他一巴掌的衝動。

「總之呢，」看到陳憶玨略顯惱怒的神情，何國彬立刻撇開眼光接著說：「我師父快死了，至少他自己這麼認為，因為他有件事情還放心不下，所以他很急著想要在自己身體還撐得住的情況下，趕快把它處理好。」

「什麼事情？」陳憶玨問。

何國彬頓了一下，就彷彿在賣關子一樣，過了一會之後才緩緩地說：「他那寶貝女兒的婚事。」

聽到這裡，似乎還沒有什麼不對勁的地方，畢竟不管是不是鬼王派的人，兒女的婚事，往往也都是做父母的最放不下的。

「在我師父家的家規裡，」何國彬接著說：「關於孩子的婚事，還處於那種封建時期，完全由父母決定。爸媽要妳嫁誰，妳就得嫁誰，沒得挑的。」

雖然說這樣的情況，十分落伍，但不要說鬼王派了，其他不是鬼王派的人，雖然不至於會完全由父母來決定，但被父母逼去相親之類的情況卻是時有耳聞，也不算太難以置信。

不過在這個時候，陳憶玨突然想到一件事情，因此打斷了何國彬。

「你師父的女兒多大？」

會這樣問，就是因為聽聞那天阿吉等人在山上的狀況，想起了當時也在場那對年紀十分輕的姊弟。

面對這個問題，何國彬很顯然頓了一下，看了陳憶玨一眼之後說：「……高二，應該是十六、七歲左右吧。」

果然這個答案一出來，現場又是一陣騷動。

「才高二而已，是有沒有那麼急著把她嫁掉啊？」其中一名警員說。

不過對於早就已經猜到那對姊弟就是師父小孩的陳憶玨，並沒有覺得太過驚訝，她繼續追問：「她不是還有一個弟弟嗎？你師父難道就不煩惱他的婚事？」

確實對傳統的家庭來說，在重男輕女的觀念主導下，雙親多半比較煩惱的都是男丁的婚事，畢竟關係到傳宗接代，尤其是弟弟還比姊姊小，應該是更煩惱才對，但何國彬的師父卻相反，反而放不下姊姊的婚事，確實有點反常。

「他們那邊的關係很複雜啦，」何國彬皺起了眉頭，「我們師父是台灣人，不過師母可是道道地地的日本人，而且似乎是日本一個政經兩界都很罩的家族，就算是師父……感覺也像是入贅的。」

最後一句話，小到幾乎都快要聽不見了，臉部也扭曲到不行，好像這句話會要了他的命一樣。

「不過我知道的事情，」何國彬抬起原本低垂的頭說：「也只是一個大概啦，畢竟我是所有門徒裡資歷最菜的，不像大師兄。總之呢，也因為真的很像是入贅的關係，所以那位被寵壞的小少爺，未來完全不需要師父煩惱，就算師父真的死了，母親那邊的家族自然會幫他安排，應該會娶一個跟師母一樣火辣的女人吧？」

只要一提到師母，何國彬臉上總是會不自覺浮現令人作嘔的邪笑，讓陳憶玨真的看得很不順眼。

「至於師妹，」何國彬說：「師母家那邊根本當她不存在，所以師父唯一放不下心的，就是他女兒的未來了。」

聽何國彬這麼解釋，陳憶玨大致也了解了，畢竟重男輕女這種事情，不是只有華人才有，在父系社會體制下，這種情況不算罕見，而且到目前為止，還是聽不到跟案件有關的資訊，因此陳憶玨揮著手，要何國彬繼續說下去。

「在師父眼中呢，想要為女兒找的對象，就是我們這些師兄弟啦。」何國彬一臉無奈地說：「不過，我覺得啦，師父其實真正屬意的是大師兄，就算他們兩個的年紀，當父女都可以了，不過不管怎麼說，大師兄跟著師父那麼多年，所以一直都是師父最寵信的人。」

陳憶玨想到先前在頑固廟時，那個最後被警方開槍打死的中年男子，如果他就是那個大師兄的話，至少也四十多歲了，確實可以當父女了，甚至在過去比較早婚的年代，當爺孫都可以了。

「不過可能多少還是希望，」何國彬搖著頭說：「年紀方面的問題，不會被人閒言閒語，當然更重要的就是，不會被其他師兄弟閒言閒語，於是師父想到了一個辦法，一個對師父來說，兩全其美的辦法，不但可以解決他寶貝女兒的婚事，還可以解決他那累積得跟宿便一樣的恩怨。」

在聽了這麼多跟案件無關緊要的話之後，陳憶玨終於聽到了一個關鍵的詞——恩怨。

「師父想出來的辦法，」何國彬沉著臉說：「就是舉辦一場像是比武招親的競賽，把那些本家的關係人，還有跟師父有過節的人，全部標上一個分數，只要幫師父『解決』這些人，就能得到不一樣的分數。」

此話一出，在場所有人臉色都是驟變，畢竟就現在的結果看起來，所謂的解決，就是殘殺這些人。

「開什麼玩笑！」其中一個組員拍桌，「你們以為你們在拍綜藝節目嗎？」

畢竟對其他人來說，對鬼王派與鍾馗派之間的恩怨並不了解，因此更加感覺到無法接受。

「不是我的問題啊，」何國彬一臉無所謂地聳聳肩說：「我只是個無名小卒啊，那是師父的決定，我沒資格說話，而且我到今天為止，本來就是最低分的，因為我根本不想要參加這場比賽啊！」

關於這點，何國彬倒沒說謊，他確實一點也不想參加這個競賽，倒也不是說小師妹不好看，說到底，師妹現在雖然還沒有發育完全，但已經可以算是個美人胚子，這點倒是很完美地繼承了她媽媽，也就是他們的師母。

不過這些年來，何國彬就一直希望，有天師父死了之後，自己可以徹底跟這個門派斷絕關係，打從一開始何國彬想要的，一直都只有這些胡作非為、為所欲為的能力，至於鬼王派還是鍾馗派什麼的，他根本就完全不在乎。

不過即便如此，在場所有人的目光，一樣是死瞪著他。

「不要瞪我啊，」何國彬一臉無奈地說：「我不是一開始就說了，人在江湖，身不由己啊，我一點也不想要參加這個無聊的競賽啊，但如果我完全都不動手，就算師父不說話，其他師兄弟也不會放過我啊。」

即便何國彬這麼說，在場眾人的臉色卻絲毫未變。

雖然說包含陳憶玨在內的這些組員，過去也跟很多罪犯打交道，其中不乏聽起來十分荒謬的動機，畢竟一個人在徹底淪為敗類之前，都會先有個扭曲的價值觀，因此各種五花八門的動機，大家都聽過。

像是什麼殺人可以轉運啦，或者是耳邊聽到什麼怪異的聲音要自己動手之類的，不過這些都比不上現在何國彬所說的荒唐。

這麼扭曲的事，還真的是前所未見，為了一個未滿十八歲的少女婚事，竟然搞得滿城腥風血雨。

這恐怕是史上最扭曲的父愛吧？誰手上染上的鮮血最多，就是自己女兒的老公，怎麼聽都覺得十分變態。殺得少、不夠狠的，還不能當自己的女婿。

雖然在這個意外的自白出現之前，陳憶玨也已經推想過各種可能的原因，但這個，恐怕是陳憶玨作夢也絕對沒有想到過的動機。

3

結束第一次對何國彬的偵訊，夜晚也悄悄降臨。

雖然還有很多事情，有待何國彬釐清，不過這些都需要時間慢慢消化，尤其是專案小組的成員，還在想辦法看看用什麼方法可以問出何國彬師父的名字。

儘管專案小組成員試過很多辦法，不過何國彬都不接受，什麼注音、打字、手寫等等，何國彬都覺得不妥，說到底只要是何國彬這邊主動洩漏名字所採取的動作，為了安全起見，何國彬都不太願意配合，因此到頭來還是只能先用一開始陳憶玨的辦法，由偵訊人員這邊問一個字，何國彬點頭或搖頭來拼湊。

因此需要很長的時間慢慢跟何國彬磨，眼看阿吉差不多要清醒了，陳憶玨將這個任務交給其他人，先回飯店跟阿吉會合，把白天偵訊的結果告訴阿吉。

陳憶玨將何國彬的自白內容，告訴了阿吉，當然也包含了最重要的動機。

不過對於十分了解兩派緣由與恩怨的阿吉來說，雖然荒唐，但確實如何國彬所說的一樣，是個一舉兩得的辦法。

一方面可以解決自己女兒的婚事，另一方面多少也可以讓自己多年來的怨氣，得以削減。

雖然阿吉完全不知道過去到底發生了什麼事，到底是什麼原因讓何國彬的師父旅居國外，跟本家之間還有沒有什麼其他的恩怨，不過會有這樣的獵殺想法，阿吉一點也不意外與陌生。

畢竟清朝大戰之前的鬼王派，就曾經有很長一段時間，到處在獵殺本家的弟子。

讓錯誤的人掌權，一直都是歷史上悲劇的開始，即便是本家，在這種情況下，都有些不名譽的紀錄，更遑論這些心中充滿怨恨的人。

不過真正的問題還是在於，到底是什麼讓這位師父，再度擁有前人所沒有的力量？因為就阿吉這邊所了解到的情況，衰敗這件事情，不只是在本家才有的情況，就連鬼王派那邊，也是積弱不振許久，怎麼會突然冒出這麼樣一個師父，還能有這麼強大的實力，讓阿吉真的也是百思不得其解。不過相信，這個問題就算是何國彬，恐怕也沒有辦法回答。

當然，這個問題不是當務之急，時間到了，阿吉認為答案自己會出現，不需要自己去尋找。

不過一想到整起事件的起因，竟然是這麼荒唐的理由，還是讓阿吉覺得難受。

那些自己曾經交手過的人，如果都是他的弟子的話，阿吉腦海裡浮現那些人的狀況。

對這些弟子來說，每條人命都可以讓自己接近最後的終點，而在終點有份禮物，就是師父的黃花大閨女，除此之外更重要的是，可以真正成為鍾家的一分子，為了這個目的，除了何國彬這種打從一開始就沒興趣的人之外，肯定都是全力以赴。

可惜的是，分數最好的、最接近的駙馬，卻在頑固廟用了那一招，人自蝕，最後因為襲擊警員的關係，慘死於槍下。

想到這裡，也同時讓阿吉想起，當時在屋外，聽到的那段對話了。

「妳只是慶幸自己不用嫁給一個老頭吧？」

當時那個弟弟就是這樣質疑姊姊。

如今終於可以完全了解這句話的原因與意義了。

看來何國彬確實沒有說謊，一切也彷彿都可以兜得攏了。

不過阿吉的內心，卻感到一陣噁心。

兜是兜攏了，但阿吉完全沒有辦法接受這樣的動機。

這是多麼喪心病狂的事情啊？

對阿吉來說，他已經想不到還有什麼事情，比這件事情更加荒唐與離譜了。就算是小說裡的比武招親，也沒有那麼喪心病狂吧？把別人的性命當成點數。

尤其是在這些只被人當作點數的人命中，有一個是阿吉十分在乎的人，一個身世淒涼，被迫只能待在廟裡的女孩，也在這場荒唐的爭鬥中，失去了自己的性命。

兩人點點頭，她們完全能了解阿吉的心情。

「不好意思，」阿吉站起身來對兩人說：「我需要……一個人靜一靜。」

尤其是玟珊，這些日子跟著阿吉，慢慢也了解到，阿吉所有一舉一動的原因。

陷入這樣的狀況，對阿吉來說十分難堪，因此在這種狀態下的他，真正想要的只是安靜的日子，平淡地躲在一間南部小廟裡，偏偏還是捲入這些風波中，這絕對不是阿吉希望的。

如果不是為了那個在五夫人廟的小姑娘，阿吉絕對不會重新站到陽光下，恢復自己原本已經捨棄的身分，對鬼王派展開追擊。

一方面為了幫那位姑娘找到兇手，一方面也是為了得知，到底是什麼原因害得這個身世悲慘的小姑娘這樣慘死。

想不到答案竟然是為了另外一位少女的婚事，這樣不堪的答案，也難怪阿吉難以接受。

離開兩人到後面的花園，經過一段時間的冷靜之後，阿吉才回到兩人身邊。

「現在我的同事們，」陳憶玨接著說：「正在想辦法，想要問出他師父的名字，雖然已經確定是姓鍾，但名字還得要一個字、一個字問。」

說到這裡，陳憶玨的臉上，也露出了苦惱的神情。

「你覺得他說的是真的嗎？」陳憶玨問阿吉：「他的師父真的可以做到這種地步？」

陳憶玨所說的，就是只要說出師父的名字，師父身邊的駐靈就會聽到的這件事情。

「駐靈的事情我是不太清楚，」阿吉沉著臉說：「不過理論上應該是可以，而且……我覺得何國彬多慮了。」

聽到阿吉這麼說，陳憶玨點著頭說：「嗯，千里眼、順風耳，感覺有點扯。」

「對啊，」一旁的玟珊也點著頭表示認同，「難道真的說幾百公里遠的地方，有人說出這個名字，就會被發現，那如果有同名同姓的人，不就很煩了，萬一他師父是菜市場名，不就——」

「不，」阿吉打斷了玟珊說：「妳們誤會了，我說何國彬多慮了，意思是他師父，肯定不只有這麼一個手段可以找到他。」

阿吉的話讓兩人都是一愣。

當然關於鬼王派有多會找人，身為北派的弟子阿吉絕對最清楚，畢竟有過很長的時間，他們就是被迫得要躲避。

為了要挖出北派鍾家的傳人，鬼王派真的各種手段都用上了，所以對於這一點，阿吉絕對沒有半點懷疑。

「所以不管我們有多小心，」阿吉說：「還是需要提防一下，說不定我們不用去找他師父，他師父就已經殺上門了。」

雖然心中有千百個不願意，不過阿吉也知道，現在最重要的，就是可以把事情全部釐清，找到每個案件真正該負責的兇手，並且把引發這一切悲劇的幕後黑手給逮出來。

因此如何確保何國彬的安危，或許是接下來要傷腦筋的問題。

於是兩人便立刻開始，規劃該如何保障何國彬的安危。

就在阿吉與陳憶玨，規劃著要怎麼樣保護何國彬時，陳憶玨的手機響了起來。

來電的是還在偵訊著何國彬，看看能不能問出師父名字的同事。

「喂，」陳憶玨接起手機說：「是我。」

手機另一頭傳來了一個讓陳憶玨有點驚訝的消息。

「什麼？」陳憶玨瞪大雙眼，「你們已經問出來了？名字全部都出來了？」

雖然說，遲早可以問到，不過比陳憶玨想像的還要順利。

而就在那一頭準備把名字告訴陳憶玨時，想起了剛剛阿吉的告誡，陳憶玨趕忙阻止對方。

「不！不要說出口，等我回去。」

掛上電話之後，陳憶玨點了點頭說：「師父的名字問出來了，不過我還是要他們別說出口比較好，等我回去局裡確認之後，再來告訴你吧。」

阿吉點了點頭，確實在如今還沒有準備好的情況下，小心一點比較好。

只是阿吉跟陳憶玨沒想到的是，光是他們這邊小心，是沒有多少用的。

在電話的另一頭，那個警員掛斷手機，臉上浮現出難以置信的表情。

「哇，」那警員看著自己的手機說：「陳檢真的是……哇，難以置信啊。」

「怎樣？」一旁的同事看著他問道。

剛剛跟陳憶玨通話的警員，張大了嘴，跟一旁的同事比了比電話。

「想不到，」那警員說：「陳檢真的被那傢伙給唬住了。」

「啊？怎麼說？」

「我剛剛要跟她說名字，她居然很緊張地叫我不要說出口，完全就是被唬得一愣一愣的。」

「是有沒有那麼好騙啊？」那警員笑罵。

「沒辦法，有人就是這麼迷信。」

看著手上寫有何國彬師父名字的紙，警員搖搖頭，接著兩人互看一眼，然後默契很好地，異口同聲將那個名字給唸了出來。

這個動作，或許只是一種宣洩，但不管是誰都沒有想到，代價很可能是兩人沒有辦法承擔的結果。

4

車水馬龍的道路旁，一棟從日治時期就一直存在的建築物，就佇立在交叉路口，這裡代表著台灣政治的最高中心，也是台灣最知名的建築物。每四年台灣都會舉辦一場大選，送一位大家認為足以帶領台灣，走向未來四年的新總統。

這裡就是台灣的總統府，是台灣總統辦公的地方。雖然說是個民主社會，但對於元首的保護，也絲毫不馬虎。

這些年來，台灣的政局浮動，老百姓生活也不安定，導致這附近，經常有各種抗議，甚至是更激烈的恐怖事件，像是開車衝撞總統府等。

因此在總統府的周圍，可以看得出雖然穿著便服，但神情與模樣都很不一樣的特務人員，守護著總統府的安全。

總統府一旁的人行道，以及前面的道路，往來的車輛與行人眾多。

一名老翁就混雜在往來的行人中，而這名老翁不是別人，正是幾天前才在北海岸登陸那個偷渡回到這個故鄉的老翁。

老翁的心中有個計畫，一旦執行，那麼台灣的人民，將陷入一片水深火熱之中，恐怕就是花個十年的時間，也沒有辦法恢復如今的面貌。到時候，台灣將會成為名符其實的鬼島，到處都會充斥著可以危害人命的惡鬼。

不過老翁自以為慈悲地給了台灣一個機會，而能不能把握住這個機會，就完全看現在這棟建築物的主人，能不能把握了。

當然，對於這棟建築物現在的主人，老翁也不算陌生，畢竟流亡海外的期間，老翁也一直注意著故鄉的每一則新聞。

他知道，在兩三年前的總統大選，台灣的民眾選出了一位女總統，也算是開了一個先例。

他今天前來，想要見的人正是這位女總統，而台灣的未來，也真的名符其實，掌握在這位女總統的手中。

老翁將在女總統的面前提出自己的要求，一旦這個女總統拒絕，那麼他將會實行他的計畫，讓台灣能夠成為名符其實的鬼島。

於是，老翁帶著一對姊弟，穿過了馬路之後，大剌剌地就想要走進總統府。

結果三人還沒靠近入口，就被旁邊的兩名憲兵上前制止。

「站住！」其中一個憲兵喝道。

「你要幹嘛？」另外一個憲兵口氣不好地問道。

「我要見總統。」老翁淡淡地答。

「啊？」憲兵問：「你有約好還是受到邀請嗎？」

「都沒有。」

「那當然就不行啊，」憲兵搖著頭說：「你以為總統可以說見就見嗎？」

「所以你是要陳情嗎？」另外一個憲兵問。

「不是，」老翁微仰著頭，一臉嚴肅地說：「我要她……任命我為國師。」

這恐怕是兩個憲兵這輩子聽過最荒唐的答案了。

兩人用行動代替了任何傷人的言語，很有默契地用手比著老翁身後的馬路，示意要老翁離開。

眼看老翁沒有動作，其中一個憲兵下達了最後通牒。

「請離開。」雖然聲音沒有很大，但這三個字卻代表了不容動搖的命令。

老翁冷冷地看著眼前的軍人，當然，如今的他可以輕鬆擺平這兩個不知道輕重的士兵，不過如果他出手，似乎就跟他所要求的東西完全不一樣了。

他要的是自願，不是自己求來或者是搶來的，而應該是台灣民眾跪求他成為國師。

「你們不用幫我傳達給總統知道，讓總統做決定嗎？」老翁問。

兩個憲兵搖了搖頭，拒絕了老翁的要求。

老翁正想說些什麼，不過只有微微張口，旋即又閉了起來。

轉過身，老翁循著原路緩緩地離開了。

兩個憲兵緊緊盯著老翁的背影，一直到他確實離開後，才鬆了一口氣。

但兩人不知道的是，老翁之所以會如此果斷地離開，全是因為剛剛有東西在他的耳邊呢喃，告訴老翁，有人在遠處呼喚著他的名字。

第4章・九魔一魔

1

在鍾馗祖師的口訣分類中，所謂的天地人，各有一個最糟糕的組合，被後來的道士們稱為「天逆、地狂、人怨」。這三種與天地人相搭配的靈體種類，是最糟糕的組合，不管哪一種組合，都有超越其他種類的實力。

因此地狂魔，對三人來說，是最糟糕的對手。

就好像俗話說「九魔一魔」，意思是九個魔的兇惡，也比不上一個魔，而這句俗話其實也是源自鍾馗派的口訣。

在鍾馗祖師爺所留下來的口訣裡，地狂魔的口訣中，就有「九魔一魔、八狂二眾、七地為常」這麼一段話。

第一段除了說明了九魔不敵一魔之外，還有另外一個意思是說在十個魔之中，有差不多一成左右的機率會是所謂的魔，而在十個魔之中，八成左右的機率會是狂，至於在這些最有可能成為魔的靈體中，又有七成為地。

因此簡單來說，在遇到了地狂魔時，有特別高的機率是魔，就是這段口訣的意思。

魔是魔這種靈體中的變異，雖然也是魔的一種，不過不管是威力還是恐怖的程度，都遠遠超過一般的魔，甚至有人將他與天逆魔並列為兩大最難以解決的靈體。

這就是三人最頭痛的地方，先不要說「魔」了，光是地狂魔可能就已經超出三人能力所及的範圍，更何況那力量幾乎可以跟天逆魔等強大靈體，相提並論的魔，絕對不是三人可以對付得了的，不，就連阿吉都不一定能對付。

因此如果裡面那個少年身上的靈體，真的是所謂的魔，那麼絕對不是三人所能處理的。

不過比起三人的提心吊膽，裡面的師父倒是老神在在，繼續著那個不知道從哪裡學來的奇怪儀式。

這還真讓鍾家續等人感受到，有時候無知真的是種幸福。

如果那個師父，跟三人一樣了解事情的嚴重性的話，絕對不可能還在那邊胡鬧，說不定連跑都來不及了。

不過那個師父卻渾然不知，還越鬧越起勁，他那自然而然表現出來的自信模樣，甚至就連深知事態嚴重的三人，都還有那麼一點相信，這個師父真的知道自己在幹嘛。

那師父在少年身邊繞了一會，煞有介事地唸了些咒文後，轉向少年父母用台語問道：「伊叫蝦咪名？」

「王時欽。」父母回答。

「時欽啊，」師父聽完之後，轉向少年繼續唸道：「時欽啊，卡到陰不要緊齁，不過就是卡到陰嘛，每個人一生都會有過一兩次的經驗，就好像疱疹一樣，沒事的、沒事的。」

聽到這裡，曉潔跟鍾家續都張大了嘴，訝異到不行，最好卡到陰就跟長疱疹一樣，是每個人幾乎都會有過的經驗啦。

「至少他很幽默啊。」亞嵐聳聳肩說。

兩人不約而同瞪了亞嵐一眼，不過這下也讓曉潔發現，自己竟然也會這麼嚴肅，只能苦笑摸了摸亞嵐的頭。

她可能也沒想到，在不知不覺間，自己已經真的變成了一個鍾馗派的道士，還不是像阿吉的那種，而是一板一眼的那種，這讓她也有點嚇一跳。

不過曉潔跟鍾家續會有這樣的反應，一點也不意外，畢竟對付狂魔，比較理想的辦法，就是想盡辦法不要激怒對方，就好像兇性大發的野獸一樣，必須先想辦法安撫，然後挑選局勢對自己有利時，一舉將對方逼出來。

事實上如果要說的話，最為專門對付狂魔的恐怕不是鍾馗派的道士，而是西方天主教的驅魔士，因為在一百零八種靈體裡，他們最會對付的，最為關注的正是這種靈體。

所以就算不由三人出手，或許還可以找些天主教相關人士來處理。不過現在恐怕已經沒有時間再去找了，畢竟就算教會真的有提供驅魔服務，光是跑那些手續，曠日費時，真的是所謂的遠水救不了近火。

而且現在真正的問題就在於眼前被這個師父這樣惡搞，原本或許還有一些時間的少年，很可能就會因此而變得沒有半點時間了。

就好像當年阿吉說的一樣，要是被狂扎根，到時候真的連救都沒有辦法救了。

這時只見那被鬼上身的少年，透過敞開的鐵門，逐一掃視過外面圍觀的民眾。

眼神中，透露出一股強烈的恨意，與之對望相視時，真的讓曉潔背脊瞬間感到一陣寒意。

如果說今天那個少年，不是被綁在椅子上，大家被這麼一掃視，恐怕都會紛紛避開目光，畢竟對很多人來說，最怕就是在這種時候跟瘋子對上眼，誰知道會不會就因此成為了瘋子攻擊的目標。

不過就是因為少年被五花大綁，大部分的人都無動於衷，甚至連眼神都完全不閃躲，與少年互瞪之後，繼續看熱鬧。

原本掃視過去的少年目光，最後停留在鍾家續身上，而就在鍾家續懷疑對方是不是盯著自己的時候，師父突然一把抓住了少年的頭，開始又不知道在唸些什麼，讓少年將目光轉回到師父身上。

那師父越說越大聲，就好像在斥責少年的模樣，讓人瞪大了雙眼，彷彿即將有什麼事要爆發了一樣，現場的氣氛也因此變得十分緊繃。因此不管是鐵門內還是鐵門外的所有人，這時都是屏息以待。

彷彿呼應著眾人的期待，原本一直沒什麼反應的少年，這時候突然雙腳一蹬，連人帶椅一起彈了起來。

完全沒預料到少年會有反應的師父，直接就被少年用頭撞到了下巴與鼻梁，整個人向後一仰，痛到幾乎當場就暈過去了。

彈起來的少年，將師父撞飛之後，向地上一墜，撞到地板的同時發出一聲巨響，而伴隨著這聲巨響與衝擊下，原本綁著少年的木椅，也瞬間四分五裂。

椅子一碎，少年身上的繩索自然也跟著鬆脫，這下雖然很快，但現場所有人也立刻就意識到眼前是什麼情況了——那就是原本應該被關在牢裡的野獸，從牢裡脫逃了。

不過在大家反應過來之前，少年又有了出人意料的行為。

只見他瞬間一個轉身，用幾乎難以看清楚的快速動作，衝出鐵門。

原本還以為他是要逃跑，誰知道他以直線的路徑，朝鍾家續撲了過去。

這或許就是最糟糕的地方，因為地狂魔也不是呆瓜，在場到底有哪些人，可以真正對付得了他，他比所有人，甚至是那些人自身還要了解。

因此，他的目標只有一個人——鍾家續。

諷刺的是，在鍾家續還沒有找到可以肯定自己的地方之前，地狂魔已經用行動肯定了他。他就是最大的威脅。

面對這突如其來的攻擊，鍾家續沒有多少空間可以迴避，當場下腰閃避，就好像電影《駭客任務》裡面的主角，也就是那最經典的畫面一樣，只是電影裡閃的是子彈，而且有慢動作讓大家看個清楚，但鍾家續跟地狂魔，卻是電光石火之間就結束了。

這一下當然完全出乎眾人的意料，就連鍾家續自己也覺得莫名其妙到了極點。

重新站穩後，轉過身去，只見那少年也緩緩地站了起來。

少年張開嘴，用低沉又詭異的女性聲音說道：「鬼王的狗，想收我……看你夠不夠格吧！」

於是，在鍾家續還完全沒有準備的情況下，一場可以證實自己到底有沒有真正成長的試煉，就這樣展開了。

2

少年的行動，確實出乎了所有人的意料，即便是跟著鍾家續一起來的曉潔跟亞嵐，也完全料想不到事情會這樣發展。

畢竟三人這邊連是否介入，都還沒有決定，就已經被對方襲擊，當然跟其他人一樣，看到完全傻住了。

除了鍾家續外，眾人中第一個回過神來的，終究還是曉潔。

因為聽到那名少年的話，讓曉潔內心一凜，腦海裡，也好像電影回放一樣。類似的場面，曉潔曾見過，那是高二時，阿吉與疑似被附身的人交手，似乎也被對方認出他就是鍾馗派的道士。

換句話說，這已經是最好的證明了。就好像阿吉一樣，如今的鍾家續已經擺脫了那些殘破不堪的狀況，成為了一個連靈體都認同的鬼王派弟子了。

不過，在這種情況之下，鍾家續可能不會感覺到開心吧？

因為擺明了眼前這個地狂魔第一個鎖定的就是他，而實際上的情況，或許也真的就是這樣，一旦鍾家續被對方擺平，說不定連曉潔都沒有辦法對付地狂魔。

看著這樣的鍾家續，曉潔終於了解了，這就是魔悟的力量吧。

或許現在的鍾家續，已經足以跟當年還在當自己導師的阿吉相抗衡。

用武俠小說的話來說，現在的鍾家續，就跟打通了任督二脈一樣，過去所學融合了魔悟，整體實力已經提升到更高的境界。

有別於曉潔的領悟，其他人這時候也回過神來，原本圍觀的民眾，瞬間也開始四處竄逃，尖叫聲也此起彼落地爆發開。

畢竟對圍觀的民眾來說，一開始還有點八卦的氣氛，但是看這少年抓狂，開始攻擊路人，誰都沒有那種看熱鬧的心情了。

短短幾秒鐘，眾人一哄而散，整條巷子只剩下全擠在鐵門後的關係人跟鍾家續等三人了。當然陷入混亂的不只有外面的人，屋內的人也是亂成一團。

師父被少年一撞之下，整個飛開，狠狠地撞上了牆壁，不但鼻梁都撞斷了，整個人也瞬間昏了過去。

他的弟子根本沒遇過這麼恐怖的對手，眼看到自己的師父被撞飛，紛紛過去七手八腳想要把師父扶起來，結果卻發現師父已經暈了過去，讓他們頓時群龍無首，亂成一團，一時之間完全沒有人理會那個衝出去的少年。

不管是鐵門內外，在少年衝出去後的一段時間裡，全部都亂成一團，外面鳥獸散，裡面手忙腳亂。

在這一片慌亂的情況下，唯一變得比較有秩序的，反而是少年與鍾家續這邊。

這一撲沒有得手，少年也立刻跳起來，再次朝鍾家續攻過去。

一開始，鍾家續或許還有點慌亂，不過一陣纏鬥後，他也慢慢恢復冷靜，找回自己的節奏，與被地狂魔上身的少年，有來有往地打了起來。

少年雖然動作敏捷，看起來也很勇猛，但比起鍾家續，似乎還是略遜一籌，鍾家續在經過一陣混亂之後，逐漸取得上風。

不過雖然狀況看起來如此，事實上卻是剛好相反，畢竟雙方一開始的情況，就已經決定了這場勝負，鍾家續根本沒有任何勝算。

在這種情況下動手，就算鍾家續真的在手腳功夫上面勝過對方，也沒辦法對對方造成任何實質的傷害。

這也是狂最讓人頭痛的地方，因為附身在少年身上，鍾家續給予對方的所有傷害，承擔的都是被控制的肉身，就算鍾家續活活把對方打死，地狂魔還是能夠在最後逃出來，只有少年無辜枉死而已。

這點鍾家續非常清楚，因此即便有許多次機會，可以讓對方受到重創，鍾家續還是被迫手下留情，沒辦法給對方真正的打擊。

如此一來，勝敗恐怕早已是定數，鍾家續遲早會輸。

雖然說曉潔不像鍾家續那樣，對於面對各式的狀況，有很不錯的基礎，不過現在至少還是可以釐清狀況，跟鐵門裡亂成一團的師徒，有著天壤之別。

不需要鍾家續說明，曉潔也可以看得出來，現在的狀況到底是怎麼回事。

即便現在鍾家續或許對付得了地狂魔上身的少年，不過也只能採取絕對的守勢，而鍾家續之所以如此，正是因為狂最大的難題還是沒有解決——就是要如何讓地狂魔離開少年的身體。

在雙方已經打得如火如荼的現在，鍾家續那邊可能已經沒有辦法有餘力解決這個問題。

所以如果想要解決這個難題，只能靠曉潔與亞嵐兩個人，這點曉潔也很快就掌握到關鍵。

有了這樣的想法，曉潔不自覺地看向鍾家續，剛好這時候已經掌握住對方動作的鍾家續也抓到了空檔，看向曉潔，眼神多少也流露出求救的訊號。

在北投山區修行時，雖然主要是曉潔傳授口訣讓鍾家續進行魔悟，不過每次有領悟到新的東西，鍾家續都會把這些領悟毫無保留地告訴曉潔與亞嵐。因此鍾家續與曉潔之間，還真的是所謂的教學相長。

儘管魔悟的人，終究還是鍾家續，在沒有本命鍾馗戲偶的情況下，曉潔甚至連魔悟的第一扇門都還不存在，所以那些魔悟之後可以得到的功力提升，曉潔完全沒有辦法得到，但對於口訣的了解與應用，曉潔比過去掌握得更好，知道在各種情況下，到底該怎麼樣來應對。

因此在知道自己應該怎麼做後，腦袋裡相對應的口訣，也就自然而然浮現出來。

「我們一定要想辦法把狂魔逼出來。」曉潔輕聲跟亞嵐說。

這點亞嵐也知道，只是該怎麼做，可能就不清楚了，不過有曉潔在這邊，只要在一旁協助她就可以了，倒沒有什麼太大的問題。於是兩人向後退，朝一開始來的地方去。

離開的同時，曉潔心想，或許這也算是件好事，如果有選擇的權利，讓三人選擇要不要介入，在三人還有退路的情況下，那麼還需要經過一番掙扎，也有可能因此錯過時機。

因為不管從什麼角度來看，選擇這樣介入，都不是一個好的選擇。所以，理智就會告訴自己，避開這種沒有把握的戰鬥，才是最佳的選擇。但一旦三人選擇不介入，曉潔知道自己未來一定會為了少年的死而內疚不已，所以或許這對三人來說，也是種「塞翁失馬、焉知非福」。

畢竟現在的他們，已經沒有介不介入的選項，只有能不能夠對付得了這個勁敵的覺悟了。

抱持著這樣的覺悟，曉潔跟亞嵐的身影也跟著轉過巷口，到了看不到鍾家續的地方。

3

游刃有餘，確實就是現在鍾家續與地狂魔之間的戰況，一開始在地狂魔操控的少年突然襲向自己時，確實有一段時間，讓鍾家續真的慌亂到不行。

不過在雙方交手後，鍾家續漸漸發現自己不但可以應付得來，還可以佔有優勢，然而因為沒有辦法真正傷害到對方，所以反而給了鍾家續一個很好的機會，試用一些自己這些日子以來，鍛鍊過後的逆魁星七式。

雖然這些日子一直照著記憶中的那個滅陣道士練習手腳功夫，但終究還是缺少實戰，根本沒辦法知道自己是不是真的學會了。

如今在與地狂魔交手後，發現自己可以應付得來，鍾家續當然希望能把握這個難得的實戰機會。

定下心來後，鍾家續開始把對方當成一個練習對象，一開始時，不管是在反應，還是對招式有了更深一層的了解，讓鍾家續發揮出跟過去有著天壤之別的實力，不過實際上，卻仍然是以過去那套所學習的逆魁星七式在應戰。

心態改變後，鍾家續開始嘗試將所有的招式拆開，用完全不一樣的方式來迎戰。

眼看少年再度攻過來，鍾家續將重心向下移的同時，一招逆魁星七式施展開來，不過招式還沒使完，鍾家續立刻改變重心，試圖使出另外一招不同的招式。

雖然想得很完美，不過實際上動起來，卻是有點遲鈍，因此這一擊不但沒有得手，反而露出破綻，被少年逮到機會，一連退了好幾步，才勉強將局勢扳回。

不過鍾家續沒有就此放棄，等到再次扳回局勢後，立刻又開始嘗試，使出如那個滅陣道士般，混合在一起的招式，不過動作還不夠俐落，又被少年給打回來。

就這樣反覆了幾回，鍾家續也越來越熟練，逐漸不容易被抓到破綻，他就好像一個跳舞的高手，光是看個幾次、練個幾下，就可以完美跳出剛剛才看到的舞蹈一樣。

隨著動作越來越熟練，戰況也逐漸向鍾家續這邊倒，轉眼間，他就再度取得了上風，而且這次，用的還是不熟悉的混搭招式。

自從看過那滅陣裡道士的身手後，鍾家續一有時間就勤加練習，盡可能模仿那個道士的動作，經過這段時間的練習，如今終於有了一點回報，就連鍾家續自己都有點驚訝，居然可以在那麼短的時間內，就可以跟被地狂魔附身的人交手，並且還保有優勢。

既然有了優勢，鍾家續也冷靜下來沉著應戰，畢竟就現在的情況來說，狂魔並沒有脫離少年的肉身，因此鍾家續發動攻擊傷到的也只有少年而已。

剛剛交手後，鍾家續也跟曉潔使了眼色，曉潔離開了這邊，應該就是著手準備先將地狂魔困住，再看看能不能把地狂魔從少年的身上逼出來。

這些步驟，不管是本家還是鬼王派，都可以說是標準的 SOP，在這些步驟中，最讓人擔心的應該還是最後將狂魔逼出來的這個步驟，因為這除了看道士的功力之外，更重要的還是得看狂扎根扎得有多深，如果過深，成了扎根於魂的情況，強行拔出來，恐怕會對宿主造成傷害。

只是這些都不是現在鍾家續可以考慮或改變的事，擔心也沒有用，因此他得以專注在與地狂魔的對壘上。

不過就連鍾家續自己也不知道，在這個人生的谷底，看似天涯之大卻無容身之地的此刻，卻是自己人生徹底轉變的開端。

嶄新的未來，以及全新的道路，就從這場與地狂魔的對練，掀開了序幕。

無庸置疑的，魔悟讓鍾家續得到飛躍般的成長，不過成長的，不只有鍾家續一個人而已。

在幫助鍾家續魔悟的那段時間裡，曉潔除了要背誦口訣給鍾家續與亞嵐聽，在鍾家續魔悟的同時，還要解釋其中的意思給亞嵐了解，光是這個步驟，就讓曉潔對口訣有了更深一層的理解。除此之外，鍾家續在魔悟之後，也會將魔悟的內容告訴曉潔，讓曉潔又有許多新的見解與領悟，這些都在在幫助了曉潔更快進入狀況，知道面對到各種狀況下，該運用哪些口訣內容來處理。

所以曉潔很清楚，即便鍾家續一時之間擁有優勢，但因為對方很可能立於不敗之地，久而久之，情勢終將逆轉。

除非他們可以先想辦法將對方困住，並且削弱他的力量，才有辦法將他逼出來。

問題是，如果不知道對方真正的身分，那麼這個步驟可能會很困難。

但既然知道了是地狂魔，加上先前那個網路傳聞，那這個地狂魔所誕生的那塊地，很可能就是那間旅店。如果真是如此的話，只要截斷兩者之間的關聯，應該可以有效削弱狂魔的力量。

除此之外，由於三人所在的地方是比較不適合車子通行的巷子，如果把前後都封住，就可以把地狂魔困於其中，不至於逃走。

這也是曉潔會決定趕快離開鍾家續那邊，跑到這條巷口的原因了。

必須要盡快，不然鍾家續那邊就只有一味挨打的份，所以曉潔這邊也盡可能加快自己處理的速度。而此時曉潔的腦海裡，卻不自覺地浮現出當年在么洞八廟的景象。

當時阿吉也像自己這樣，為了換裝跟拿法器，把自己丟在樓下，如今回想起來，阿吉過去那些荒唐的行為，原來都有其背後的原因與意義。

確實，如果是阿吉的話，剛剛可能已經不知道怎麼裝瘋賣傻，去打斷那個師父亂搞了，不會拖到地狂魔都動手的地步。然後接下來很可能又把場面丟給一旁的曉潔，自己跑出去不知道幹什麼，留下曉潔自己一個人尷尬地應付著眾人。

來到巷口，從這邊就可以看到那間整修之後的旅館，曉潔不再猶豫，立刻開始截斷的工作。

「左右符貼凝為壁、拉線通地化成界。」

這段是在山上修行時，鍾家續在魔悟之後，跟曉潔分享過的魔悟口訣。

對鍾家續來說，這些本來就已經是少數鬼王派還保有的伎倆，當時在C大時，鍾家續也曾經用來封住校門，讓逆妖不至於跑回學校。

現在曉潔用的就是同樣的辦法，拉線貼符形成一面宛如牆壁般的界，如此一來就可以截斷地狂魔與自己那片地之間的聯繫，也可以把地狂魔困在這條巷子中。

封住巷口後，兩人快速回到鍾家續那邊，現在只要穿過他們，到另外一邊的巷口，用同樣的方法把巷口封住，就可以將地狂魔困在這條巷子裡。

鍾家續這邊仍然在跟地狂魔纏鬥，不過可以看得出來，局勢還是對鍾家續比較有利。

由於巷子狹小，兩人只能看著鍾家續與地狂魔之間的惡鬥，找尋適當的時機穿過他們身邊，去巷子的另一邊。

看兩者纏鬥，感覺就好像在看功夫片一樣，只是比較奇怪的地方是，每一招兩人都好像看過，甚至學過、會用，但從鍾家續手上使出來，就好像完全不一樣的招式。

光從手腳功夫，都可以感覺到鍾家續跟過去不太一樣，尤其是跟鍾家續交手過的曉潔，感受更是強烈。不只如此，眼前鍾家續這熟悉又陌生的動作，不知道為什麼讓曉潔感覺似曾相識。

不自覺間想了很多的曉潔，在亞嵐的提醒下，回過神，趁著兩人打到一旁時，快速穿過，來到巷子的另外一邊。

兩人將巷子另外一邊同樣用符與繩將路口封住，確定一切都萬無一失後，才再度回到鍾家續這邊。

如今一切都準備就緒，曉潔從袋子裡拿出法索。

「家續！」曉潔大聲叫道，也不管鍾家續這邊的反應，曉潔就立刻將法索朝他那邊丟過去。

畢竟鍾家續還在跟地狂魔纏鬥，所以曉潔也知道，如果是等他有反應之後才拋出，可能會來不及，因此才冒險將法索直接拋向鍾家續。

而鍾家續這邊卻立刻有所反應，在聽到了曉潔的叫聲之後，立刻一腳將少年踹飛，接著轉過身接住曉潔拋過來的法索，再一個轉身回來重新面對少年時，已經把符綁在法索前端。

鍾家續的動作流暢，兩人配合起來也默契十足，看起來就好像排練過很多次一樣，但事實上，這也是兩人第一次這樣配合。

但畢竟兩人所學都出自同一份口訣，加上魔悟後兩人所知道的，也都是同一套東西，因此只需要一點默契，就可以做出相同的判斷與處理。

原本在拳腳方面就佔優勢的鍾家續，知道這是千載難逢的好機會，雖然沒辦法知道，地狂魔上了少年的身，根扎得有多深，不過現在真的只能賭一把了。

被踹飛的少年才剛爬起身，就感覺一道黑影掠過眼前，脖子已被法索纏住，法索前端綁著的符，也在纏繞了幾圈後，重重打在少年的臉頰上。

眼看符已貼上，鍾家續二話不說，使勁將手上的法索一抽，少年立刻原地轉了幾圈，整個人瞬間軟倒，這時，一個身影也從少年的身上，被法索黏著給抽了出來。

從剛剛交手時看起來，少年的動作雖快，但似乎有點拖泥帶水，不是很俐落，因此鍾家續推測狂魔並沒有扎根扎得很深，這一抽，答案揭曉，情況跟鍾家續想的一樣，對方的根扎得並不深，因此沒有花多少力氣，就順利將盤據在少年體內的地狂魔給拖了出來。

被抽出來的狂魔黑影，一離開少年的身體，就化成一陣黑煙，消失得無影無蹤。

這下子，終於順利把地狂魔從少年體中逼出來了。

總算可以稍微放心一點點了，至少現在鍾家續不需要擔心傷害宿主而有所保留……不過，真正的勝負或許現在才開始，因為脫離宿主後，狂魔的恐怖以及實力也在這個時候，真正發揮出來。

4

想不到，真的把地狂魔逼了出來，由於一切來得十分突然，所以直到現在，鍾家續才想起那個道長的名號。

其實地狂魔對鬼王派的人來說，有點不太一樣的意義與價值，真的可說是鬼王派的弟子們，又愛又恨的一個靈體。

如果真的要說鬼王派的宿敵，第一個一定是本家鍾馗派，至於第二個，以前可能很難說，但在明朝之後，應該就是地狂魔。

這也正是鍾家續此刻腦海裡會浮現那位道長名號的原因。

在鍾馗祖師所傳下來的口訣分類中，有著天地人三種最基本的分類，其中所謂的人，多半指的就是跟著活人，而會有這樣的現象，也因為這些靈體多半都是利用人來生存下去，就好像怨靈多是靠怨氣而生，因此跟在人的身邊，吸收這樣的負能量就是他成長的泉源。

至於狂這種靈體，可以吸收穢氣，正是口訣中所說的「淬穢成狂」，因此在陰地是最佳的成長環境。

所以在狂這種靈體中，就屬地狂最難纏，因為地狂總是會在適合的地方，逐漸吸收這些穢氣，逐漸成長與茁壯，到頭來成為難以應付的靈體，尤其是地狂魔更是這樣的代表。

不過這樣的地狂魔，對鬼王派的人來說，卻有著特別的地位，這要追溯到元朝大戰，鬼王派浮出歷史檯面後，一位道長的傳奇故事說起。

元末明初之際，鬼王派曾經出現一個稀世的御鬼師，是鬼王派歷史上，唯二收服過天逆妖的大道長。正因為他收服過眾多的靈體，因此也被尊稱為「御天道長」，意思就是幾乎就連天也可以駕馭的大道長，是後世鬼王派無人不知的傳奇道長。

據傳，這位道長收服的靈體眾多，也因為這個緣故，能力幾乎來到前人未及的地步，他所能使用的靈體，也是各個實力堅強，因此才會連逆這種等級的靈體，也被他所收服，為他所用。

然而，在這些靈體中，御天道長最信任，也被公認最強大的，卻不是地位比較高的天逆妖，而是御天道長很年輕時所收服的地狂魔。

相傳正是因為這個地狂魔的關係，讓御天道長從此伏靈之路一帆風順，給了他絕大的幫助，所謂的御天道長傳奇，其實有一半都該歸功於這個地狂魔。

雖然御天道長傳奇故事的最後，有許多不一樣的版本，不過最普遍為人所信服的版本，就是說年事已高的御天道長，擔心自己過世之後，天下再也沒有人可以對付得了這個跟自己搭檔多年的地狂魔，因此在自己還有點力量時，將這個地狂魔釋放出來，最後雙方決鬥，同歸於盡。

因此，鬼王派的人對地狂魔一直有種特別的情感，很多道長都會希望自己可以跟鬼王派最大的傳奇御天道長一樣，所以都希望自己至少可以收服一個地狂魔。

然而地狂魔十分兇狠有力，沒有一定道行以上，根本不是對手，尤其是有極高的機率，會遇上所謂的「魔」，因此有很多道長都這樣丟了性命，所以地狂魔才會被說成彷彿是鬼王派第二強大的宿敵。

而此刻鍾家續腦海裡所想到的，正是這個傳奇的「御天道長」。

如今想不到會在這樣毫無準備的情況下，遇到這個堪稱鬼王派第二強大的宿敵，真的完全出乎鍾家續的意料。

不過騎虎難下，請神容易送神難，這也不是鍾家續可以控制的。

比較幸運的是，因為他們本來就有打算收些鬼魂，因此身上該準備好的法器跟工具，也幾乎都帶在身上，這方面倒是沒有什麼太大的問題。

另外一個對三人來說，真的是老天保佑的地方是……從拉出來的靈體看起來，對方真的是地狂魔，而不是所謂的「魔」。

當下或許還沒覺得什麼，但事後三人回過頭來看今天的一切，真的對於今天所遇到的靈體不是魔這件事情，感到幸運，真的是祖上積德、老天保佑。

如果今天三人所遇到的是魔，那麼他們很可能都沒有辦法活過這一天，更沒有機會可以回顧今天的一切。

不過不管怎麼說，既然地狂魔也已經拉出來了，那麼接下來，就真的是重頭戲開始了。

只是恐怕就連鍾家續自己都不知道，在這條火車站附近的小巷子裡，與地狂魔的這一次交手，會是自己的人生之中，最具有重大意義的一場對決。

第5章・祖訓之因

1

一看到靈體被扯出來，曉潔是僅次於鍾家續，立刻有所動作的人。

經過了這一年的歷練，曉潔在不知不覺中，已經不再是那個滿腦是口訣，卻不知道如何取用的大一新生。

她非常清楚，在逼出地狂靈之後真正的戰鬥才正要開始。

因此一看到地狂靈出竅，曉潔二話不說，拉著亞嵐就朝著少年家衝。

衝進鐵門後，曉潔轉身，拿出符朝兩側的鐵門貼去，照著先前在巷子口處理的程序，將鐵門封住。

雖然阻止了最直接的路線，不過曉潔對這棟建築物並不了解，不知道有沒有其他的出入口，能讓靈體出入，因此房間裡的其他人也不能大意，隨時都有可能被地狂靈再次上身。

因此一封上門，曉潔立刻再次轉身，對著屋裡已經愣住的眾人叫道：「大家用手扶住自己的天靈蓋，然後用單腳站立，快點！」

曉潔說話的同時，擺出了魁星踢斗的姿勢，當作示範。

屋裡的眾人，光是看到剛剛少年那些詭異又恐怖的動作，早就已經驚到呆掉，幾乎有一大半的人，包含少年的雙親，都第一時間就照著曉潔所說的話去做。

而對曉潔來說，感覺就好像回到一年前那個迎新晚會時，那時候還是曉潔第一次處理把鬼魂從人身上逼出來，就如口訣裡面所說的一樣，將附身的鬼魂逼出來後，最重要的一件事情，就是要防止鬼魂再次上其他人的身。

那時的她，雖然有口訣，但真的要大家跟著做，多少還是覺得有點荒唐與不好意思，不過在經過這一年的磨練之後，現在不只沒有半點不好意思，言語之間還有一股難以違逆的感覺，因此在曉潔的一聲令下，有一半以上的人毫不遲疑就跟著曉潔一起做，剩下的人看到其他人都跟著做，最後也只能配合，瞬間整個客廳的人，全都擺出了魁星踢斗的姿勢，氣氛也頓時變得有點詭異。

雖然在場的人都配合曉潔，不過沒有人知道這麼做的目的與原因，因此即便照做了，臉上還是充滿困惑與驚恐。

「那個上了你孩子的鬼魂，」這點曉潔也知道，因此轉向了少年的雙親說：「已經被我們逼出來了，現在最重要的，就是防止他再度上了我們任何一個人的身。」

即便曉潔選擇用最直接的辦法將情況告訴眾人，不過對眾人來說，還是很難理解，比較值得慶幸的是，至少這些人都不算鐵齒，所以雖然有點懷疑，不過至少還是乖乖照做，不敢把腳放下來。

「那……師父？」其中一個弟子指指倒在地上的師父。

看到有人提出跟自己當時一樣的問題，讓亞嵐有種既懷念又欣慰的感覺。

「放心，」亞嵐臉上浮現出溫柔的微笑，「只要雙腳不著地，失去意識倒還比較沒關係一點。」

就這樣，屋內的人都擺出了魁星踢斗的姿勢，加上鐵門又有符文鎮住，屋裡應該沒什麼問題。

最終結果恐怕還是得看屋外的鍾家續了，因為眼下等於是鍾家續與地狂魔一對一，雖然對於現在的鍾家續，實力到底成長到什麼地步，曉潔完全沒有概念，不過她知道，地狂魔絕對不是一個好惹的對象。

現在一切只能看鍾家續了，只有他才有機會可以對付得了地狂魔——如果魔悟真的如傳說中那麼有效的話。

鐵門的內外，雖然相同都是讓人窒息般凝結的氣氛，不過程度上卻彷彿有著天與地的差別。

明明十多分鐘前，這裡還充滿了各式各樣的聲音，有少年的咆哮聲、圍觀民眾七嘴八舌的聲音，師父在那邊忽大忽小的唸咒聲，但此刻，整條巷子卻像是另一個世界般，一片死寂，彷佛連呼吸聲都會引來致命的殺機一樣。

巷道的其中一個攤子旁，少年還躺在地上，不過從穩定的氣息看得出來，應該沒有什麼大礙。

鍾家續凝視著巷子的一側，雖然雙眼完全看不到地狂魔的蹤跡，不過那股強大的感受，卻半點也沒有消逝，反而比先前還要更加強烈。

就好像水可載舟，亦可覆舟一樣，有時候靈體上了人身，雖然對宿主來說，絕對是種傷害，對其他人來說，絕大部分也都是災難，不過單純對道士來說，有時候還比較好解決，因為一旦上了人身，力量多少也會像活人般，受到肉身的影響與箝制，沒有辦法發揮出完整的力量。

如今被這樣拉出來，先不要說他們有多火大了，光是解放的完整力量，就絕對足以讓局勢有著一百八十度的大轉變。

這點鍾家續很清楚，因此即便剛剛還算游刃有餘，現在他也一點都不敢小看對手。

鐵門內外的所有人，都屏息等待，接下來可能會發生的事情。

過了一會，對方終於顯形了，不過這一顯形讓鍾家續傻眼了。

一顆幾乎跟這條巷子一樣大的頭顱，就這樣在他面前浮現。

靈無影、魔無形，大部分的靈體，即便在死後成為靈體，也是維持著其生前的形象。然而魔大多不曾存在於人世間，沒有生前的形象，所以大部分的魔，並沒有固定的形體，因此當魔顯形之時，都會有些讓人意想不到的形象。

只是這樣一顆恐怖的大頭，確實完全超過了鍾家續想像的範圍。

那顆大頭的一對大眼睛，惡狠狠地瞪著鍾家續。

當然，現在的鍾家續雖然說經驗可能還沒那麼老到，但腦袋裡面裝的東西，已經比起一年前要豐富太多了。

他知道這應該就是地狂魔長期以來，最熟悉的面貌，先別說過去幾百年前，這裡到底是什麼樣子，光是這二、三十年間，待在那間旅館，肯定看過各種形形色色的旅客，因此人類終究是眼前這個地狂魔接觸最多的對象。

所以會以人的形象出現，似乎也是最合情合理的事情，不過這對鍾家續來說，恐怕並不是件太好的消息。

如果今天地狂魔對人不夠熟悉，或許鍾家續可以多少從中得到一些利益，但既然連形體都化為人了，那麼鍾家續肯定討不到半點便宜。

不過相對來說，這樣的對手，對鍾家續來說，也是再熟悉不過的對手。

那顆大頭張開了嘴，嘴裡沒有牙齒跟舌頭，只有彷彿吞噬了一切光亮的黑暗，而在黑暗的深淵之中，一陣清晰的腳步聲傳了出來。

每一個腳步聲，都讓鍾家續的心臟跟著震動了一下。

過了一會，一個身影從黑暗中走了出來，看起來就像是正常的活人，一個全身赤裸的女人。

而就在這名女子走出嘴巴之際，那顆大頭就好像消了氣的氣球一樣，萎縮成一團，接著就好像被女子的背部吸收了一樣，消失無蹤。

當然，這女子之所以會出現在鍾家續面前，多少都是想要迷惑自己的敵人，不過掩飾不住的卻是她那強大的力量，以及光是感受都讓人覺得毛骨悚然的邪氣。

鍾家續握緊拳頭，調整自己的重心與呼吸，他知道，眼前這個女子，就是引發這一切的元兇，地狂魔。

在這條封閉的巷子中，一場鍾家續連想都沒有想像過的大戰，就這樣悄悄揭開了序幕。

2

雖然在一陣混亂中，鍾家續就被迫跟眼前這個敵人對抗，在那之後根本也沒有時間跟曉潔、亞嵐好好說上一句話，不過憑三人過去這幾個月來合作的默契，鍾家續也猜到曉潔已經把所有可能的路都封住了，無處可逃。

不過對鍾家續來說，似乎也是如此，除了正面迎戰之外，他也沒有多少選擇。

面對這個完全出乎意料之外的敵人，鍾家續知道，自己也只能放手一搏了。

這一次，鍾家續擺出了魁星七式的起手式，這恐怕是鍾家續人生第一次，在實戰中擺出這樣的姿勢，而不是自小學到大的逆魁星七式起手式。

在剛剛與少年的交手中，鍾家續發現如果真的要用自己這段時間所學習的東西來應戰，比起早已經熟練的逆魁星七式來說，以魁星七式作為主體，可能反而比較順手。

這麼做最主要的原因，就是因為如果是用自己比較不熟悉的招式為基底，在需要應變時，插入自己熟練的逆魁星七式，會比較簡單一點。

所以鍾家續才會決定以魁星七式為主，來對付眼前這個前所未見的強敵。

眼看鍾家續擺好了架勢，地狂魔這邊也不甘示弱，咆哮了一聲之後，朝鍾家續衝了過來。

跟剛剛相比，地狂魔的速度與附身在少年身上時，完全不在同一個層次，現在才是狂魔真正的實力。

剛剛還游刃有餘的鍾家續，這時顯得有點狼狽，打從一開始就被地狂魔壓著打，完全沒有還手的餘地。不過對鍾家續來說，面對地狂魔如此強悍的攻勢，還能保住一命，已經覺得有點驚喜。如果是一年前的他，說不定早已身首異處。

其實鍾家續不知道的是，如果今天的對手，是當年那些為了暗殺鍾九首，而到府城的殺手，那麼就算鍾家續有了魔悟，身手恐怕也沒有辦法在短時間內得到如此巨大的提升，正因為對手是靈體，才有了天壤之別。

靈體雖快，但對道士們來說，這些動作不單單只是用動態視覺或者一般的視覺去捕捉對方的行動。

畢竟鬼魂所具備的，並不是真的形體，這就是為什麼功力越強的道士，可以跟這些靈體周旋最重要的原因。

功力越強大的道士，在對抗這些靈體時，不單單只是靠著自身的反射神經去反應，那些透過修行得到的力量，不但可以幫助道士掌握到靈體的一舉一動，更可以壓抑靈體所發揮出來的力量。

因此如果今天單純是人與人之間的幹架，鍾家續的成長或許還沒有辦法那麼顯著，但跟靈體之間的交手，就不是單純的手腳功夫了。

尤其是鍾馗祖師傳下來的這套魁星七式，本來就是專門對抗靈體用的功夫，而如今的鍾家續，透過魔悟的修行後，功力也確實突飛猛進，因此對抗靈體方面，真的與前陣子的他不可同日而語。

如果單純用功力來相比，或許超越自己還沒什麼，但正如曉潔所感覺的一樣，如今的鍾家續在魔悟後，功力確實比起當年的阿吉來說，恐怕還要高上許多。

畢竟真要說起來，雖然阿吉也是從很小的時候就成為呂偉道長的弟子，不過不管是師父還是徒弟，會成為師徒都是因為緣分的關係，學這些東西雖然還是有著傳承的意味，但隨緣的成分居多。

不過，鍾家續這邊就不一樣了，學習這些東西，不只是因為傳承家族，更重要的是為了生存下來。

所以即便阿吉年紀較長，不過如果要說學習態度跟練習的時間，都是鍾家續遠遠超過阿吉。因此在魔悟之後，功力的提升也一鼓作氣來到當年阿吉都無法到達的地步。

這就是鍾家續連自己都意想不到的潛力，如今釋放出來，讓他完全有機會跟地狂魔一搏。更重要的是，先是被附身的少年，再來是地狂魔現形，讓鍾家續有了循序漸進，好好練習自己全新手腳功夫的機會。

這種機會，真的是百年難得一見，加上功力大增的情況下，就好像戴上了護具在練習一樣，地狂魔這邊沒有辦法給鍾家續致命的一擊。

結果一輪交手下來，情況就再度跟先前附身於少年時的情況一樣，鍾家續慢慢掌握到地狂魔的動作與速度。

交手後，鍾家續這才真正感受到自己的成長，地狂魔的速度，確實是目前除了地逆妖外，鍾家續見過最快的。

因此靈活應變的程度，恐怕會是決勝的關鍵，而這個也是在改變魁星七式之後，獲得最大提升的地方。

畢竟在高速拳腳相向的情況下，多一分靈活就多一分存活的機會。

其實在練習時，鍾家續就已經發現，本來魁星七式就是組合而成的招式，只是在長年下來已僵化成某些固定的組合，因此反而少了變化，變成很死板的四十九式。而徹底把所有招式都拆解開來，可以看得到原本的模樣，變得更加靈活、好用。

即便是在這種生死相搏的情況下，鍾家續卻因為這個緣故，有種樂在其中的感覺。

這是鍾家續自己也無法控制與想像的事情，畢竟所有注意力都集中在雙方的對決上面，根本沒有可能注意到自己不自覺展現出來的面部表情。

而這模樣在地狂魔的眼中，卻有完全不同的感覺。

生存在世間如此多年，也不是沒有遇到過略有道行的道士，不過從來不曾遇到過這樣的對手，不但跟他正面交鋒，甚至還能跟自己纏鬥到這個地步。

過去，只要是有點道行的師父，知道了他的實力，多半都會選擇迴避，用比較迂迴的方法，就是為了避免與之交鋒，就算真的交手，也盡可能速戰速決。

不過從來就沒有任何一個人，像鍾家續這樣，十分享受這個過程一樣，臉上還不自覺地帶著笑。

畢竟這可不是什麼友誼賽，而是真刀真槍的玩命啊！

看到鍾家續的態度，加上久攻不下讓地狂魔開始急躁起來，身形也越來越快，身形一閃，瞬間閃現到了鍾家續的身後，立刻朝著鍾家續的頭部揮去。

鍾家續這邊，一眨眼的瞬間，就沒有看到地狂魔的身影，心中一凜的同時，立刻轉過身去，一招逆魁星七式就打了出來，不但剛好躲過地狂魔的襲擊，還一腳踢中地狂魔的腹部。

地狂魔被這腳踢中，痛苦地哀號了一聲，可卻沒有半點退縮，立刻又朝著鍾家續撲過來。

這次地狂魔不敢再偷襲，選擇正面跟鍾家續一決勝負，鍾家續這邊則交叉著以正、逆魁星七式來迎戰。

如今的鍾家續正逆皆可用，不只如此，經過這一個多月的鍛鍊，雖然不管是威力還是熟練的程度，可能還不夠到位，實戰中使用起來，當然不可能完全體會與清楚，這些拆招為式的功夫，其中所包含的意義與奧秘，不過單看動作，倒是差不多已經做到了一定的程度。

這些打散得亂七八糟的招式，不只有效打中了狂魔，讓狂魔驚訝無比外，就連在鐵門裡面看著的亞嵐與曉潔，也感覺到訝異。

「這是魔悟的關係嗎？」亞嵐提出了自己的懷疑。

畢竟三人過去已經經歷過不少事件，對鍾家續的身手，多少也算了解，如今看到的，根本就是煥然一新的感覺，與過去的鍾家續很顯然不在同一個檔次。

因此亞嵐才會認定，這就是「魔悟」帶來的改變與效果。不過曉潔卻側著頭，對這個推論有點不太認同。

雖然說魔悟可不可以讓魁星七式變成這樣，曉潔不是很清楚，不過她總覺得鍾家續此刻的招式，還有先前與少年對打的時候，都有種似曾相識的感覺。

因為，當時曉潔雖然同樣看到了那位道長，不過由於狀況緊急，因此並沒有時間多留意，看的時間也遠遠不如鍾家續，所以看了好一陣子之後，才想起滅陣裡的那位道長。

因為此刻雙方的交手，感覺就真的好像當時在滅陣中，那名道士與逆妖間的對決一樣，只是不管是狂魔還是鍾家續，速度都大大不如他們就是了。

簡而言之，兩人此刻的交手，就是在滅陣中那場交手的緩慢版。

鍾家續跟那名道士一樣，彷彿洞悉了地狂魔的一舉一動，總是可以率先對地狂魔的攻勢做出反應，並且在對方露出破綻之際，適時給予打擊。

透過這次與狂魔的交手，鍾家續也終於明白了，為什麼那個道士看起來很慢，卻能夠打到速度奇快的逆妖。

就好像誘導一樣，出招之前就已經知道對方會如何回應，此時，鍾家續還不夠熟練，假以時日，說不定也能像那個道士一樣，完全以慢擊快，控制整個交手的節奏與場面。

就好像兵法中，圍城留一條生路一樣，一來可以有效削弱城內的兵力，二來一旦敵方開城退逃，也方便埋伏。

想不到那道士的拳腳功夫，竟然彷彿蘊含著兵法般的智略，讓鍾家續感覺到無比的感佩。

不過會有這樣的感覺，主要還是因為鍾家續並不知道，那個在滅陣裡的道士就是大名鼎鼎的海賊道長鍾九首的關係。

身為鄭成功的拜把兼左右手，鍾九首當然也有鑽研兵法，而且大半人生都在刀尖上度過的鍾九首，也早就體悟出許多實戰性的技巧與謀略。

其他的先不用說，光是鍾九首本身的魁星七式，恐怕也是古今以來跟「人」交手最多，經驗最為豐富的一個，在這恐怖驚人的經驗下，當然淬鍊出最具有實戰威力的招式，就好像四川的名菜「開水白菜」一樣，看似平凡無奇，其中卻蘊含了複雜的製作過程，完全可以體驗出一名廚師的功力，儘管最後做出來，就好像開水燙白菜一樣，但一品嘗，就可以讓味蕾全部彷彿開花般，箇中美味沒有嚐過的人，光憑外貌絕對沒有辦法想像。

雖然，魔悟之後的鍾家續確實在道士方面的實力，獲得了大幅度的提升，不過手腳功夫，可就沒有那麼立即的效果了。說來實在也諷刺，在十二種靈體中，功力方面最沒有效果的，就是狂。

所以鍾馗派流傳著一句話「少怕魅惑老怕狂」，對年輕、經驗不足的道士來說，魅惑是最糟糕的對手，因為他們手段多，變化大，而且可以深入人心，掌握住別人的弱點。

而狂就不一樣了，動作快、力量大，就算有滿滿的好身手，但年紀大了，總是比較遲緩無力，因此對付起狂來，就相對吃力了。不過反過來說，如果是要練習手腳功夫的話，恐怕狂與逆就是最適合的靈體，能夠在這個時候遇到狂，確實對鍾家續來說，是機運也是轉機。

透過這次與狂的交手，讓鍾家續有機會補足魔悟外，最沒有辦法提升的手腳功夫。

其實除了這些實力上的成長外，鍾家續自己可能沒有辦法想像得到的地方，就是心境上的成長。

過去或許多少都為了證明自己，所以只要遇到這樣的靈體，就只想著要盡快收拾對方，用成績來證明自己。

但現在，鍾家續已經不想要那些無謂的證明，他只想知道，自己到底有多少能耐。

簡單來說，過去的他想要的是成績，現在的他想要的是真正的實力。

只有知道自己的不足，才能夠有所成長。

這樣的心境轉變，讓鍾家續不再躁進，面對各種狀況都更加冷靜，完全沒有搶攻的意思，反而是看準了才出手。

雙方間的戰況，因此也變成明明主導的是地狂魔，但真正掌握著節奏的卻是鍾家續，真的跟當時在滅陣中所看到的情況一樣。

只是鍾家續沒有想到的是，這樣的行為看在對手的眼裡，卻有著完全不同的意義。

隨著鍾家續越來越熟練，戰況也逐漸向鍾家續這邊傾倒，而他最後再一次躲過地狂魔的攻勢後，一個轉身回擊，準確地命中了地狂魔的頭部，這一下力道極大，打到地狂魔整個向後飛出去，同時化成一陣黑煙，消失得無影無蹤。

3

贏了嗎？

看到地狂魔化成一陣黑煙消散，在場幾乎所有人都有這樣的疑惑。

不過這樣的想法，卻不曾出現在鍾家續的心中。他非常清楚，這只是因為在手腳方面討不到便宜，選擇用別的方法來對付自己罷了。

不過鍾家續也不需要太過著急找尋對方的下落，因為巷頭巷尾都封住了，如果可以逃，地狂魔早就已經跑了。現在隱藏自己的身形，只是在做垂死的掙扎，稍微增加一點鍾家續的麻煩而已。

如果地狂魔不是妖魔鬼怪，而是真正的活人，或許還有機會跟鍾家續一搏，但是因為魁星七式本來對這些靈體，就有特別強大的傷害，因此就算鍾家續距離那個滅陣道士還有很大一段距離，但要拿來對付這些靈體，確實很足夠了。尤其是在魔悟之後，大幅提升的力量加持下，此刻的鍾家續比起兩三個月前，真的強化了數倍之多。

既然力不如人，那麼還有另外一個可以拚搏的地方，那就是精神方面，從某個角度來說，這才是地狂魔真正擅長的地方，讓人精神錯亂、陷入瘋狂。

狂魔可以跟魅與惑一樣，挖出人內心裡最深沉的秘密，並且找到可以讓人陷入瘋狂的關鍵。更不用說鍾家續所屬的鬼王派，與本家之間的恩恩怨怨，不只有人世間沸沸揚揚，就連另外一個世界的靈體，也多有耳聞。

像這樣會讓人瘋狂與不分是非的混亂心理遊戲，除了魅與惑，最強的就是狂。

「本是同根生，相煎何太急。」一個聲音從身後傳來。

如果是過去的鍾家續，此刻一定瘋狂轉頭，試圖想要尋找聲音的來源。

但現在魔悟後的鍾家續，光是聽這聲音就感覺到頭部傳來微微的痛楚，很清楚這聲音並不是真實透過雙耳聽到的，因此靜靜站在原地，加強戒備。

「……同樣都是魔，」那聲音幽幽地說道：「有必要這樣互相殘殺嗎？」

聽到這句話，這些日子以來，被深埋在內心深處的情緒，似乎也跟著躁動了起來。

當然，鍾家續非常清楚這句話是什麼意思，不，不只是非常清楚，而且在魔悟之後，還有了更深一層的領悟。

在口訣的分類中，有所謂的三種型態，指的就是「靈、妖、魔」。

人死為靈，動物死為妖，至於魔就跟這兩種不太一樣了，雖然可以簡單地將不屬於前面兩種的靈體，直接稱為魔，但實際上，大部分的魔，仍有些共通之處。除了打從盤古開天以來就一直存在的靈體外，大部分的魔都是天生邪惡的存在。從這種分類來說，打從出生即為魔，這點被鍾馗祖師歸類為逆魔的鬼王派，可能最為清楚也說不定。

在口訣分類中，所謂的逆靈，就是指那些走火入魔，步入歧途的法師們，即便未死成靈，也是逆靈的一種。

至於像鍾家續這樣，打從出生就是鬼王派的人，就不屬於逆靈，而是——魔。

因為從小就血祭人偶的他們，還沒踏上修練之路，就已經注定成逆，自然不屬於逆靈，而是逆魔。更讓鬼王派後人們無法接受的是，這些並不是推論或者是歸類之下的產物，而是血淋淋的事實。

因為清朝大戰之際，本家就是用對付人逆魔的方法來跟鬼王派的人對抗，讓整個戰局扭轉。

原本在清朝大戰之前，關於逆的口訣早就已經消失殆盡，相傳之所以可以重新拾回對付人逆魔的辦法，還是因為鍾九首的關係，而導致鍾九首悟得這個辦法的，終歸還是鬼王派自身，因此實在怨不得人。

後來在九首死後，他的弟子們引發了清朝大戰，大戰中鍾九首的弟子們，照著師父所傳承下來，專門對付人逆魔的辦法，一一撂倒當年鬼王派的棟樑，其中還包括了當時鬼王派的鍾家傳人，才讓戰況有了一百八十度的大轉變。

或許，從那一刻開始，就已經注定了鬼王派的頹敗，誰正誰邪，不言而喻。所謂的正統之爭，也在這裡畫下了句點。

清朝大戰之後，雖然鬼王派不願意承認，卻也沒有辦法抹滅這樣的污點。畢竟，逃避現實，對現在或未來，都沒有半點幫助。

畢竟這就是自家最大的弱點，因此關於這件事情，雖然有千百個不願意，還是傳承下來，一直到鍾家續這一代都知道，自己可以像是人逆魔那樣，被人收拾，自己的弱點，也曾是口訣的一部分，被人廣為流傳。

唯一值得慶幸的是，在清朝大戰之後，本家沒能夠拋棄過去的成見，完成大團結的使命，最後仍然陷入分裂，而對付人逆魔的辦法，最後也亡佚了，因此後人很少有人可以繼續用這些辦法來對付他們，這也是後來鬼王派可以留存下來的主要原因。

不過，誰都不敢保證，這些本家的道士，會不會在動手之際，又跟鍾九首一樣，頓悟出方法，來對付自己。

總之，自己就要特別小心，以人逆魔的身分，一直活下去。

對鬼王派來說，這個事實的衝擊，確實是創立以來最大的震撼。從某個角度來說，或許是打擊最大的事情也說不定。

在清朝大戰前，鬼王派的所作所為，多少還有些名正言順，畢竟當初會產生這樣的門派，就是因為本家積弱不振，有損師門，讓老祖宗蒙羞。

但清朝大戰之後，這個初衷與立場，變得完全站不住腳。

在那之後的每一代都知道這一點，偏偏這點又不能不教，因此在清朝大戰之後，每個繼承鬼王派的弟子，都必須承受這樣的事實，鍾家續當然也不例外。

在知道這件事情後，有很長一段時間，都讓鍾家續無法接受，但隨著日子一天天過去，其實什麼人逆魔的事情，也只有在跟本家交手時，才需要稍微擔心一下，因此也逐漸淡忘了這樣的事情。

此刻在地狂魔的煽動下，當時那種氣憤、不服氣的感覺，又再度浮現。鍾家續感覺到自己的情緒，幾乎快要完全沒有辦法控制了，那種煩躁感，就好像在擁擠的人潮中，得趕火車或捷運的感覺。

鍾家續的內心，真的感覺到那股情緒的波動，恨意、殺意，就好像火一樣熊熊燃燒在心中。

那些塵封在記憶中，刻意被自己壓抑，不想回想起來的仇恨，不斷浮現在腦海中。

他幾乎都快被這些情緒佔據，所有的情緒隨時都會爆發，只剩下一條宛如細繩般的理智，還勉強將這些怨恨給綁住。

果然，心魔才是最大的敵人，此刻的鍾家續深深感受到這一點。

不過鍾家續還是可以感覺到，在這一陣陣宛如洶湧浪潮襲來的狂烈情緒，自己還有個地方保持著唯一一點的理智。

真正的原因，鍾家續怎麼可能不知道，或許就是因為這一點，才讓鍾家續勉強保有一絲理智。

基本上這些浮現出來的情緒，鍾家續知道都是他自己過去真實有過的想法與情緒，而讓這些情緒再度浮現的人，就是那個消失的地狂魔。

所謂的狂，就是煽動這些已經冷卻甚至冰封在記憶角落的瘋狂情緒。

確實，比起魅與惑，這樣蠱惑人心，並不是狂所擅長的，但只要是靈體，多少都有這樣的能力。尤其是對很多力量強大的靈體來說，洞察人心，挖掘出人心的陰暗面，根本就是家常便飯。

既然力量打不贏，那就用這樣的力量吧。

從這個角度來說，地狂魔的行動也算是合情合理，甚至應該頗具效果才對。

可惜的是，如果傳授口訣給鍾家續的人不是曉潔，而是鍾家續自己偷聽到的，或者是用其他不法的手段奪來的，或許今天他可以灑脫地步入那個仇恨的情緒中，只要順著地狂魔所誘導的路，讓自己的情緒沸騰就可以。

但偏偏今天讓他魔悟的人是曉潔，這就注定了地狂魔的失敗。

對很多人來說成為父親，也是一種會讓人變得成熟的情況，而這種成熟，是透過責任感與背負著某些期待下，催化出來的成長。

如今，鍾家續也彷彿揹上這樣的重擔，因為跟曉潔約定好了，不只是為了守信，更重要的是，不能讓曉潔失望。

早在魔悟之前，早在自己真正成為一個獨當一面的人之前，他就已經有了這些磨練。只有真正懦弱的人，才需要靠著情緒來反抗、發洩。

這點，透過跟自己心魔對抗的此刻，鍾家續真正了解到了。

在真正火大的時候，發洩出來的並不是勇敢與威猛，只是被自己情緒駕馭的野獸。鍾家續用手抓住自己腹部剛痊癒的傷口，那裡的恨，才應該是自己感情的出口。在那之前，他不會再讓這些無謂的情緒駕馭自己。

在徹底覺悟到這點之際，心中那熊熊燃燒的恨意，開始緩緩地降溫、消散，而那顫抖緊抓著自己腹部的手，也緩緩地鬆了開。

那感覺就好像站在岸邊的人，選擇要跳入仇恨的深淵，還是要退一步，留在冷靜的陸地上。而最終，在鍾家續決定留在地面之際，那仇恨的深淵，也開始綻放出一點光明。

這場心靈對決的勝負已分，至少在鍾家續與地狂魔之間，雙方透過交手，彼此都很清楚這點，沒有半點疑惑的空間。

4

地狂魔，感覺到無比訝異。

與其說這個訝異源自於沒有辦法煽動鍾家續的情緒，讓他陷入瘋狂，不如說是眼前這個名為鍾家續的少年，讓他更加感覺到驚奇。

畢竟雙方不只有抵抗住自己的心靈攻擊，還有兩度的交手，過去這數百年間，上門找自己麻煩的道士不在少數，但只有這個少年可以跟自己鬥到這種地步。

有句俗話叫做不打不相識，很多情況下，透過雙方的交手，也會增加雙方對彼此的了解，此刻透過這幾次的交手，也讓地狂魔逐漸摸熟鍾家續這個人，地狂魔的訝異，也是從這樣來的。

比起剛剛那個不知道自己在幹嘛，卻無比自信與驕傲的法師，眼前這少年的實力，比他高過不知道幾百倍，卻能如此虛懷若谷，一點驕傲的神情都沒有，反而享受著跟自己過招的模樣。

光是從這幾點看起來，鍾家續這個人彷彿就有笑看生死的豪氣、虛懷若谷的器量，還有難以動搖的堅定。

實在很難想像，一名少年竟然擁有這些需要經歷經年累月的磨練與見識之後，才有可能擁有的特質。

當然，這些都是有其背後的因素與原因的，不過這些即便是擅長洞察人心的地狂魔也不可能了解。

正如俗話所說的不打不相識，今天透過交手，讓地狂魔了解了鍾家續，一名讓他輸得心服口服的男子。

這也讓地狂魔不自覺地想著，或許……能成為這男人的力量，也不是一件太差的事情。

這恐怕是地狂魔一路走來，最為瘋狂的想法。

只是地狂魔不知道的是，鍾家續也並非天生如此，而是生命的歷練讓他成為這樣的人。

笑看生死，是因為從小就被人拋棄、輕視；虛懷若谷，是因為看到真正的天有多高，了解到自己的渺小；堅定的意志，是不想辜負他人的心情。

這些地狂魔所認同的地方，都是其來有自，並非天性使然。人的個性大多也都是這樣形成的，如果有選擇，或許鍾家續會變成完全不一樣的人，但偏偏生命大多沒有辦法選擇，只能接受。

當然，這些對地狂魔來說，如何形成鍾家續這個人，並不是他關心的事。

而是這場戰鬥，是時候該畫下句點了。

做出決定的地狂魔，再次緩緩地浮現在鍾家續的眼前。

「放棄吧，」鍾家續淡淡地說：「收不了，我就只能滅了。」

這句話裡，已經包含了鍾家續最大的誠意了，因為到了這種時候，不管是鍾家續還是地狂魔，都已經是騎虎難下的狀況，只有一方可以得到最後的勝利。

事情都已經到了這個地步，地狂魔也知道，這一次自己是真的踢到鐵板了。

地狂魔攤開了雙手，用行動回答這個問題。

面對這個在魔悟之後的第一個對手，最後可以有這麼乾脆的結局，鍾家續點點頭，表示自己的讚賞之意。

鍾家續拿出了一張自己親手製作的符，走到地狂魔的面前。

「地狂魔，」鍾家續說：「這是你的名，我以鬼王之令……收服你。」

說完後，鍾家續將符朝地狂魔一貼，地狂魔就這樣被吸入了符中。

終於，鍾家續收服了第一個魔悟後對上的靈體。

只是就連鍾家續自己都不知道，這個靈體會一直跟著自己，成為自己人生中最重要的夥伴之一——就跟那個傳說中的「御天道長」一樣。

將符收起來，鍾家續也清楚感覺到即使被收入符中，力量也讓這張符變得有點沉重。

不過更重要的是，透過與地狂魔的交手，鍾家續終於放下這些日子以來的心中大石，那就是自己的力量，真的得到了相當大的提升，而不是自我感覺良好而已。

這就是魔悟之後，真正甦醒的力量，就連鍾家續自己，都覺得有點可怕。

感覺就好像體內有什麼東西甦醒了一樣，甚至連鍾家續自己都有點懷疑，自己真的可以控制得了這股強大的力量嗎？將符收起來的同時，鍾家續也這麼懷疑著自己，就好像現在這樣，靈是收了，但真的可以駕馭得了嗎？

而就在鍾家續懷疑著自己的時候，一陣騷動打斷了他的思緒。

原來在確定了鍾家續順利收服地狂魔之後，曉潔立刻告訴少年的雙親，已經沒事了，可以去看看少年的狀況。

少年的雙親一聽立刻衝出鐵門來到少年身邊，

「沒事了嗎？」少年的母親，淚眼婆娑地看著鍾家續。

鍾家續淡淡地點了點頭。

一看到鍾家續點頭，少年的母親用力一把將少年擁入懷中，放聲痛哭起來。

孩子的父親也沒閒著，緊緊抓住鍾家續的手，一把鼻涕一把眼淚激動地說著：「謝謝你、謝謝你！」

看著激動的雙親，鍾家續的內心，有另外一種情緒浮了上來，只是一時之間，就連鍾家續自己也搞不清楚，這激動的情緒，到底是悲還是喜、是怒還是開心。

5

三人好不容易才婉拒少年雙親的盛情邀約，回到旅館。

洗完澡後，鍾家續坐在床前，在經過一段時間的沉澱之後，心中許多想法慢慢浮現。對鍾家續來說，這恐怕是連他自己都完全沒有想像過的事情。

雖然過程或許多少還是有點波折，不過那完全是因為自己沒有經驗的關係，如今回過頭看，可以很清楚地感覺到魔悟的恐怖與威力。

眾所周知，即便是本家的人，在魔悟之後，就是鬼王派的人了。

這點過去鍾家續就非常清楚，不過有時候不免讓鍾家續懷疑，值得嗎？

畢竟，自己從小就是鬼王派，但他不覺得自己所學有任何值得他人不惜一切，即便背負著罵名也要學習的價值。

但如今，自己真正踏上魔悟之路，尤其是經過了今天的實戰，就連鍾家續自己都不得不承認，這確實是個值得讓人墮落也要擁有的強大力量。

答應曉潔的事，讓鍾家續一直警惕自己，就連剛剛與地狂魔對抗之際，也正是這種心情，維持著自己的理智，讓自己不至於踏入瘋狂的領域。

然而，鍾家續還是對於自己現在所擁有的力量感到不可思議，甚至到了有點恐懼的地步。

就連鍾家續自己也沒有信心，面對這樣的力量，自己是不是真的還能保有原本的那顆心。

畢竟光是想想自己腦袋裡的東西，或許對曉潔或自己這種同樣修過道的人來說，可能效果有限，但如果用在一般社會上的話，真的是連姦淫擄掠都沒有什麼事是不可以的，而且連一點線索、證據都不會留下，甚至就算被抓到了，說不定也沒有法律可以制裁自己。

所謂的法律，規範的是社會的規矩，而如今這個力量，絕對就是在這份規矩之外。

沒有經過魔悟的本家就算了，因為他們所有的口訣，都只對靈體有效，不過對現在的鍾家續來說，可就不是這麼一回事了，可以駕馭、操控靈體的他們，還真的是「只要是我喜歡，有什麼不可以」。

面對這樣的力量，鍾家續這下才真的理解到，不管是鬼王還是本家兩派，持續了千年，都絕對恪守的規矩，就是不以任何方式將口訣的內容記錄下來，背後真正的用意與原因了。

因為過去鍾家續也想過，如果說口訣的威力強大，終究也只是拿來對付靈體，到底有什麼好濫用的，不過今天鍾家續才徹底了解，那是自己根本什麼都不懂才會產生的想法。

面對這樣的力量，也不免讓鍾家續懷疑，自己真的有資格擁有這個力量嗎？

如果今天，自己不是答應了曉潔絕對不會濫用這個力量，他不知道自己能不能克制住，不濫用這種力量，因此鍾家續甚至有了「或許打從一開始，踏上這條路，本身就是個錯誤」的想法。

當然，在正常的情況下鍾家續自然相信自己，即便沒有曉潔與那些約定，他也絕對不會濫用這樣的力量，去做任何不良的事情。

這點，鍾家續對自己還有點信心。

但是，人生不可能隨時都在正常的情況下，人生總會遇到許許多多的事情，而一旦用了這個力量，就可以輕鬆解決，在這種情況下，自己真的還能把持得住嗎？

不過除了這個之外，今天的經驗也讓鍾家續的內心有種很奇特的感覺。能夠這樣解救少年，當然對三人來說，也是件非常有意義的事情。

尤其是當少年的雙親，為了自己的孩子終於得救而流下的淚水，真的讓三人感受很深刻。

過去雖然曉潔也曾經有過這樣的感受，不過這次的感受更加強烈。

因為在動手之前，就連曉潔自己都沒有信心，三人真的可以救得了這個少年。

至於鍾家續感受更是強烈，過去也不曾有人這樣來求過他們家，因此不要說鍾家續了，恐怕就連鍾齊德也不曾有過這樣的經驗。

或許清朝大戰之前有過，但在清朝大戰後，不要說來求了，可能大部分的人都不知道鬼王派的存在。

想起剛剛那少年激動的雙親，鍾家續也真的體會到，這才是口訣真正該使用的地方。

打從一開始，鍾馗祖師傳下這些口訣的目的，本來就不是比看誰強，而是為了幫助這些普羅大眾，遠離靈體的侵害。

雖然早就已經了解這一點，不過至今為止，鍾家續還不曾如此強烈地感受到這樣的使命感。

過去的經驗大概就只是體會的程度，但是如今浮現出來的卻是一種使命感與愧疚感。

尤其是那愧疚感，更是深刻到無與倫比。

讓鍾家續的內心，很想對著那些過去的祖先們怒吼：「我們到底都拿老祖宗的口訣來做了什麼啊！」

即便是鍾家續，在人生的階段中，也曾非常迷惘。

就好像過去那些自己的先人那樣，一心只想要揚眉吐氣。

如今看到了正途，不免讓鍾家續內心感覺到無比的內疚。

「該死的，真的是該死的。」鍾家續捫心自問：「我們到底都拿了祖先的東西來幹什麼了？」

光是這個問題，就讓鍾家續渾身顫抖，這不單單只是將指責的手指指向其他同門或者是本家，而是深刻的反省與自覺。

畢竟說到底，這才是口訣跟魔悟真正的目的，不是嗎？

那些恩恩怨怨，以及兩家之間的歷史，讓鍾家續真的有種無地自容的感慨。

什麼時候，變成用來自相殘殺，尋求榮耀的東西了？

就只為了出人頭地？就只為了讓自己比別人強？

當然這樣的感受，不只有鍾家續，就連曉潔今天感受也特別強烈。

曉潔腦海裡，浮現當年J女中那幕恐怖的畫面。

一直以來，曉潔都以為，會發生那樣的事情，是因為那些道士們的行為大逆不道，連鍾馗祖師下凡了還敢動手，因此才會落得那樣的下場。

但是，想到鍾馗祖師當時怒斥眾人的話，加上現在鍾家續說的話，或許是自己一直搞錯了……

當時會發生那樣的事情，根本不是什麼對神明不敬，褻瀆神明的大罪，雖然這也是不爭的事實，不過更加嚴重的，會讓祖師爺更加失望的，應該是濫用這些祖師爺所傳下來的口訣，用來滿足自己的私慾，這……才是罪大惡極的事情啊。

就好像傳授口訣之際，最開始的段落中，一直保留下來的那段話一樣——「吾乃鍾馗，此為吾畢生之所學。」

鍾馗祖師將自己的心意與精神，化成口訣傳授給後代子孫，可是這些子孫只記得口訣，卻徹底忘記了這些心情。口訣不以任何的形式記錄下來，不就是不想要被濫用嗎？但後人只遵守這些規則，卻徹底忘記了這麼做背後真正的目的與原因，豈不可笑與該死嗎？

或許，今天對鍾家續來說，有很多不同的意義，有了很多突破與驗證自己的機會，甚至有了很重要的成果，不過相比之下，有一件事情對鍾家續來說，可能更加重要。

他收服了一個，未來跟自己宛如兄弟般的靈體，更重要的是，在人生最低落的深淵，在未來最迷茫的此刻，鍾家續終於了解與體會到了「祖訓之因」。

而伴隨著這樣的領悟，鍾家續也找到了自己的人生未來將會踏上的路。

第6章・弱點

1

比起嫌犯來說，何國彬更像是警方的線人。

在陳憶玨的安排下，何國彬終於在夜晚降臨時，見到了那個金髮的阿吉。

投案後，何國彬的態度一直都很惡劣，甚至不把警方看在眼裡，常常一副要說不說的樣子，但這一切，都在見到阿吉之後有了一百八十度的大轉變。

何國彬變得極度配合，幾乎有問必答，就算遇到不方便回答的問題，他也會盡可能配合警方找到正確的解答。

長達數年與鍾馗派相關的謀殺案，終於到了可以釐清的時候了。

有了何國彬的證詞，加上警方這邊蒐集到的證據，一起接著一起的兇殺案，也逐漸拼湊出來。

唯一比較遺憾的是，由於何國彬在該門派中的地位比較低，加入的時間又比較晚，因此很多事情，其實何國彬知道的也不是很清楚，所以一些比較深入的問題，何國彬可以回答的其實不多。

即便如此，對這幾年一直沒有辦法得到太多可靠證據與情報的警方來說，還是相當有幫助。

當然，何國彬會有這樣的轉變，除了見到阿吉後的收斂外，另外一方面，自然也是因為事情發展至今，已經算是何國彬的最後一條路。

現在供出一切，不但可以幫助警方，更明確的來說，應該是幫助阿吉，盡快找到自己的師父，還可以幫助自己換得減輕罪刑的機會，真的可以說是一舉兩得，因此何國彬才會這樣全面配合。

對現在的何國彬來說，與警方配合，確實是唯一一條可行的路。

因此不管是警方還是何國彬，雙方雖然有著不同的目的，但卻有著相同的目標，合作起來自然比起一開始要和諧了許多。

由於先前為了保護何嬤等么洞八廟的工作人員，阿吉就已經有針對防止鬼王派的人襲擊，特別進行了規劃。

因此這次為了保護何國彬，陳憶玨也準備了同樣的規格，找到了一間郊區的平房，在那裡進行偵訊。

何國彬本人對這樣的安排很滿意，配合意願也非常高。由陳憶玨帶領的專案小組，在經過了幾年的追查之後，終於有機會，可以讓整起連續殺人事件水落石出。

各個案件的兇手，也在何國彬的供述下，有了一個又一個的解答。

不過隨著案件逐一釐清的同時，調查小組也很快就意識到兩件事。

第一件事情就是大部分的案件，就算何國彬所述屬實，沒有半點虛假，但是專案小組這邊，除了何國彬這個共犯的證詞外，找不到任何直接的證據。

尤其是這些鬼王派的人下手，幾乎都不是靠自己的「雙手」，而是靠自己養的小鬼或是其他辦法，就算真的有證據，實在很難把這些東西搬上法院。

這個很可能會是一個專案小組就算想破頭，也無法解決的難題。

不過這個難題也因為第二件事情的關係，變得似乎無關緊要。

因為第二件事情，就是大部分案件的兇嫌，都已經死亡，在這種情況下，實務上大多是以不起訴處分，當作結案。

基於這兩件事情，專案小組這邊，目標當然是以這一切的罪魁禍首，也就是這些兇嫌與何國彬的師父當作目標。

說到底，如果情況真的如何國彬所說的一樣，整起案件都是因為一個喪心病狂的老人家，想要為自己的寶貝閨女，找到個駙馬爺的話，那麼這個「師父」，確實是最需要受到法律制裁的對象。

雙方有了這個共同的目標，合作起來自然相當愉快，幾乎要等同於並肩作戰了。

對何國彬的偵訊，就在這種氣氛融洽的情況下進行，甚至不需要阿吉與陳憶玨在場，何國彬也會盡可能配合警方，把自己知道，而且可以說的事情全部供出。

在平房其中一個被充當偵訊室用的房間裡，上午的偵訊告一段落。

「好了，」負責偵訊的警員，將口供推到何國彬的面前。「那麼先到這裡告一段落吧。」

何國彬連看都懶得看，就熟練地在口供下方簽上自己的名字，然後把口供推回給負責的警員。

警員按了一下桌子旁邊的鈴，過了一會後，另外一個同僚來到了偵訊室的門口，將鐵門打開，走進來之後，從警員的手上接過了口供。

雖然說目前看起來，合作還算融洽，不過平房還是比照一般收容所那樣，有著特別加裝的鐵門。

儘管何國彬如果真的要逃，這些鐵門恐怕也攔不住他，不過如果真的被何國彬逃了，有沒有鐵門這件事情，檢警這邊要負責的部分，恐怕就有天壤之別了。

至少該做的都做了，上面責怪下來，也比較站得住腳，這些加裝的鐵門，大概就是這樣的用意。

關於這點警員們也是這樣告訴何國彬，一開始對於這些鐵門頗有微詞的何國彬，聽到員警們這樣的解釋也頗為釋懷，後來也不在意這些表面上的工夫了。

「中午想吃點什麼？」看看時間也差不多了，警員問何國彬。

何國彬想了一下揮揮手說：「飯類好了，看看有沒有什麼雞腿飯之類的便當就可以了。」

在這些待遇方面，何國彬確實比起其他嫌犯來說，要好處理多了，或許是離鄉背井久了，對於家鄉的一切都很懷念，所以常常就是一個雞腿便當之類的就能打發了。

不像一些轉為污點證人的嫌犯，往往都把這些餐點當成人生的最後一餐似的，還曾經有人想要鮑魚、魚翅這種好料，不然就是突然想吃什麼外縣市的知名料理，完全把警方當成跑腿的小弟。

在何國彬點完之後，其他駐守的警員也紛紛前來，就在大家填好單，準備要聯絡店家點餐時，警員之間的無線電響起。

「有狀況。」無線電裡傳來了駐守在外面警員的聲音。

所有人紛紛停下手邊的工作，看著拿著對講機的警員。

「什麼事？」警員回應。

「有輛車子開進來了。」

警方在通往這間平房的道路上，設有一個警衛哨，如果有狀況，就會立刻跟平房內的警員通報，現在傳達這個訊息的，正是警衛哨的警員。

由於可以通往這邊的路只有一條，而且那條路也只能通往這邊，這也是當初陳憶玨會決定在這裡進行偵訊的原因。

因此一聽到有車子開過來，瞬間讓現場的氣氛緊張起來，不過這三天也確實有不熟悉附近路況的民眾，誤闖入這條路。

「把車子攔下來。」屋內的警員下達指令。

警衛哨那邊，警員走出哨亭，正準備揮手攔下這輛車子，車子反而先緩緩地停了下來。

過了一會之後，幾個身影走下車。

「車子自己停下來了，」走出哨亭的警員，一邊用對講機跟平房內聯繫，一邊緩緩靠近車子。「有幾個人走下來了……看起來像是一個爺爺帶著兩個孫子。」

警員最後的那句話，何國彬就好像電到了般，臉色驟變、瞪大雙眼，整個人也跳了起來。

「就是他們！」何國彬叫道。

透過對講機，聽到了何國彬叫聲的警員，一抬起頭，只見迎面走來的那名老翁揮揮手，警員就感覺到一股強大的衝擊，從自己的右邊襲來，連聲音都還沒發出來，整個人就好像被巨大的岩石撞上般，身體扭曲變形，人也跟著飛了出去。

下一秒鐘，警報立刻響起，整間平房也瞬間陷入一片混亂中。

情況確實出乎眾人的意料之外，甚至連陳憶玨現在都還沒有來到這裡，對方竟然就已經發動了襲擊。

或許就一般的情況來說，大部分想要發動襲擊的人，都會選擇夜晚行動。畢竟犯罪等行為，發生的機率本來就是在黑夜遠遠勝過白天。

但對鬼王派的人來說，白天與黑夜根本就沒什麼差別。

雖然黑夜對那些被他們收服的靈體，比較有利，大白天對那些符鬼來說，較為辛苦與險峻，不過他們根本不在乎那些被收服的靈體。所以選擇白天，似乎也是理所當然的事。

只是這對阿吉與檢警這邊來說，卻是天大的壞消息。

雖然阿吉這邊認為對方應該會趁夜偷襲，不過對這種最壞的情況，也不是沒有想過，因此也有些應對的方法。

一旦對方在阿吉不在場的情況下發動襲擊，那麼駐守的警員就會分成兩隊，其中一隊想辦法阻擋對方，另外一隊掩護著何國彬，直接從後面的樹林逃出去。

雖然還是很難想像對方不過就是三個爺孫，到底能有多恐怖，不過既然他們都這樣殺過來了，這下還真的是沒有辦法了，於是駐守的警員立刻照著原定的計畫，進行疏散的工作。

只是他們不知道的是，這絕對不是一場他們能應付的硬仗。

就在幾個警員帶著何國彬從後門逃走的同時，老翁以及那對姊弟，已經出現在大門，真正的煉獄現在才正要揭開序幕。

2

傍晚時分，當陳憶玨帶著阿吉等人回到平房時，眼前的一切，真的讓人不忍目睹，整個現場彷彿是煉獄般恐怖。

前來支援的警隊，讓整個山區即便入夜後，也像白天般明亮、熱鬧。

經過搜索，何國彬與其他幾個負責護衛的警員，被發現陳屍在距離平房五百公尺處的樹林之中。

警員們幾乎都被分屍，屍塊散落一地，不過何國彬卻是被懸吊在樹上，跟他的母親一樣，下半身扭轉了一百八十度，臉上的表情驚恐至極，似乎在死前受到了不少驚嚇。

結果到頭來，何國彬還是沒有辦法逃出自己師父的魔爪。

為了保護眾人的安危，阿吉也在平房四周布下一些界，雖然對人沒有什麼影響，但應該多少可以壓抑與阻止那些鬼王派操控的靈體。

結果阿吉檢查了這些界，發現都已經被破壞，雖然早就已經猜到，這些小伎倆很難阻止真正強大的對手，不過從何國彬屍體被發現的地點看起來，對方幾乎沒有浪費多少時間，就突破了自己設下的這些東西。

雖然跟鬼王派的人比起來，本家在設這些界的部分確實比較不值得一提，不過也不應該如此無力才對。由此可知，對方操控的靈體應該非同小可，這也讓阿吉的內心跟著一沉。

這時陳憶玨走到了阿吉的身邊，面無表情地說：「監視器的畫面準備好了，一起去看看吧。」

阿吉點了點頭，帶著玟珊與陳憶玨，起朝平房的另外一側走去。

就目前的結果，對阿吉與警方來說，都是最大的挫敗。原本還以為，終於確保了對方的一員，抓到那個師父只是遲早的事，想不到卻換來這慘痛的結果。

而且比起先前在看守所的情況來說，這一次對方根本就宛如恐怖分子發動攻擊一般，這點倒是真的出乎阿吉的意料之外。

由於屋內還在進行鑑定，所以三人是在平房旁一張搬來的桌上，檢視裝設在平房四周的監視器畫面。

雖然跟眾人所盼望的情況完全不一樣，不過在經過了這麼長時間的追查後，透過監視器畫面，三人終於看到了幕後黑手的真實面目，當然也看到了整個慘案發生的大致經過。

整體來說，動手的都只有老翁一個人，不過所謂的動手，只不過就是在揮著手，好像棒球場邊的教練，對場內選手下指令的手勢一樣，接著監視器畫面裡面的警員，就這樣死的死、傷的傷。

連阿吉都沒有辦法想像，鬼王派竟然可以做到這種地步，雖然知道他們就是抓靈為奴，但做到這種地步，還是讓阿吉感覺到詫異。

而且阿吉也大概可以猜想得到，要有這樣的功力，絕對不是三兩天的工夫，或者上街隨便抓幾個靈體就做得到的事。

看著監視器的畫面，阿吉內心浮現出一種愧疚感。

或許這些年忽略、遺忘了鬼王派這些傢伙，本身就是一件該死的錯誤。

看著畫面裡老翁幾乎不費吹灰之力，就殲滅了整個駐守小組，光是這樣的實力，如果想橫行整個社會，還真是不費吹灰之力。

先前在一無所知的情況下，或許還有些樂觀的想法，如今看到了老翁的實力，讓阿吉背脊都感覺到發寒，內心也越來越覺得不妙。

光是從畫面上看起來，這老翁的實力肯定在當年入魔的阿畢之上，換句話說，過去的自己肯定不是他的對手。

現在的自己，雖然因為成為祖師爺的假金身，或許還可以一搏，可是只能在天氣比較好的晚上，才有那麼一點機會，還必須要速戰速決，不然隨時都可能失去意識。

在這種情況下，真的讓阿吉有種螳臂擋車，不自量力的感覺。

看完監視器的畫面後，三人都因為剛剛畫面帶來的震撼，與內心的沉痛打擊，陷入了一片沉默。

沉默了半晌，阿吉才沉下了臉，轉向陳憶玨說：「要不要放棄了？如果再這樣追下去，恐怕只會賠上更多人無辜的性命。」

這是阿吉沉思之後得到的唯一結論，畢竟自己現在的狀況，完全沒有辦法掌握，甚至就算到了夜晚，也不見得百分之百可以清醒過來的情況下，誰也沒辦法保證類似的情況不會再次發生。

聽到阿吉這麼說，陳憶玨也沒有辦法回答，不管於公於私，對方犯下的這些罪刑，就算是到了天涯海角，陳憶玨也不可能放棄。

但就像阿吉所說的一樣，如果繼續下去，很有可能只是賠上更多人的性命。

不過即便知道眼前確實就是這樣惡劣的情況，不要說陳憶玨或阿吉了，就連一旁的玟珊的內心也有另外一個聲音響起。

這樣真的好嗎？放任一個喪心病狂，隨便殺人的兇手，任意遊蕩？

「就算我們放棄，」陳憶玨用手扶著額頭說：「對方也不見得就此收手吧？」

這點阿吉當然也知道，如果放任對方，很可能接下來還有更多的受害者，而且誰知道在那個瘋狂老頭的招親名單中，還有多少人被標記了一個點數在上面。甚至就連曉潔或者是何嬤，都極有可能在名單上。

「這下還真的是騎虎難下了。」阿吉沉痛地搖搖頭。

單純就心情來說，不管這條路有多危險，儘管很可能會賠上自己的性命，阿吉當然二話不說，義無反顧嘛，但如果得犧牲的是這些無辜的警員跟百姓，而自己總是沒辦法在關鍵的時刻清醒，那麼真的還應該繼續下去嗎？這正是現在阿吉左右為難的點。

對阿吉來說，就算對方再強，真的想要找本家報仇，自己犧牲就算了，偏偏如今捲入了那麼多人……

看著一片漆黑的夜空，阿吉感覺到肩膀似乎變得更加沉重了，背負在自己身上的人命，似乎也越來越多了，雖然這些人的死，或許就連阿吉間接害死的都稱不上，但阿吉還是感覺到自己有責任。

不過阿吉這麼想，嚴格說起來似乎也不能算錯，因為老翁在闖入之際，確實也把這裡設定成兩人決戰的場所，因此才會在一開始行動時，盡可能排除這些有可能會影響兩人決鬥的警員，只是就連老翁也沒想到，阿吉自始至終都沒有現身。

看著茫茫的夜空，雖然還不知道對方要到什麼時候才會罷手，不過阿吉已經有了覺悟，這件事情所影響的，絕對不是只有鍾馗派與鬼王派之間的爭鬥，早已經擴散到其他人身上了。

如果不想辦法阻止對方，那麼後果可能真的連想都不敢想了。

「總之，」事已至此，阿吉也只能消極地說：「在我們想好下一個辦法之前，你們那邊還是先停止吧，他……已經不是一般人可以對付得了的對手了。」

陳憶玨雖然難以接受，不過這時也只能點點頭，這時陳憶玨看到桌上監視器的下面，壓著一張紙，陳憶玨將紙張從監視器下面抽出來，看了一眼之後，哭喪著臉，將那張紙條遞給了阿吉。

「這就是那個師父的名字。」陳憶玨說。

一直到今天為止，三人為了提防消息走漏，因此關於這個師父的名字，也真的是絕口不提，一直稱他為「阿彬的師父」，所以阿吉一直到現在為止，都還不知道老翁的名字，只知道姓鍾。

雖然今天發生的事情，表面上看起來，阿吉似乎很沮喪、無力，但內心卻燃燒著熊熊的怒火，只是沒有表現出來而已。

如今一看到了師父的名字，阿吉再也壓抑不住心中的憤怒，既然何國彬已經死了，那麼也不需要顧忌了。

其實阿吉內心不知道有多麼渴望，現在那個老翁就出現在自己的面前，那麼自己也不至於感覺到那麼無力，說什麼都要跟他拚了。

因此拿到了紙條，看到了仇人的名字，阿吉恨恨地將紙條揉在自己的拳頭之中，恨恨地唸出紙條上的名字。「鍾、齊、瑞！」

3

從某個角度來說，阿彬橫豎都是個餌。

不只是警方用來釣出鍾齊瑞的餌，同時也是鍾齊瑞用來釣出對手的餌。如果從這個角度來下定論，那麼阿彬也算是徹底失敗了。

雖然成功釣出了鍾齊瑞，但卻在該死的白天，導致唯一有可能與鍾齊瑞對抗的人，還來不及清醒，也因為這個緣故，賠上了許多寶貴的性命。不管是鍾齊瑞還是阿吉這邊，都沒有透過阿彬逮到對方。

旅館中，在一對子女出去買晚餐時，鍾齊瑞盤坐在地上打坐，他的面前擺著一個香爐，裡面有些符紙的灰燼。

今天的行動消耗不少氣力，在真正的敵人現身前，鍾齊瑞需要保持備戰狀態，因此雖然不至於需要這樣的儀式，但為了保險起見，鍾齊瑞還是決定調養一下自己的氣力。

雖然調養氣力的過程，不需要太多動作，只要等到香爐裡的香燒完，應該就差不多了，不過鍾齊瑞的腦袋卻半點也沒閒著。

今天的行動雖然順利除掉了那個背叛者，不過對鍾齊瑞來說，事情卻沒有那麼如意。對鍾齊瑞來說，警方與政府機構，一直都不是他擔憂的地方。這次的行動，完全是出自門規，處決背叛者而已。

畢竟，在日本時，也不是沒有警方與政府機構試圖跟他們對抗過，如果日本的警方都對他們束手無策，那麼台灣的警方他們自然也沒放在眼裡。

可是真正讓鍾齊瑞覺得納悶的地方，還是在現場的狀況。

在闖入之際，鍾齊瑞就察覺到警方這邊，很顯然在房子附近，布下了一些陣與陷阱。為了突破這些，鍾齊瑞還特別用了一些符鬼，消耗了些氣力。

就是因為這樣，還讓鍾齊瑞一度警戒、小心提防偷襲，不過一直到最後，布下這些陣的那個人都沒有現身。

到底是為什麼呢？

這點讓鍾齊瑞感覺到疑惑與不解，而且鍾齊瑞有種感覺，或許……從這個疑點著手，可以更加了解對方的狀況，更有可能讓自己知道這個神秘的對手，到底是何方神聖。

對鍾齊瑞來說，這些年在日本，不管經過多少年，也不管自己的身分有什麼樣的變化，終究還是有那種寄人籬下的感覺。

如今回到這個故鄉，對他來說，心境上確實有著很大的不同。

原本應該是充滿喜悅與感慨，不過再怎麼說，這些弟子的死，還是讓鍾齊瑞的內心，有著一點陰霾與污點。鍾齊瑞想都沒有想過，台灣竟然還有人可以抓得住他的這些弟子。

這不免讓鍾齊瑞覺得自己似乎有必要重新評估一下本家的狀況。

雖然鍾齊瑞目前擁有就算是那個呂偉道長復活出現在自己的眼前，也有把握可以打倒對方的實力，因此如果真的只是一個本家的高手，或許不需要太過擔心，但這些年來，鍾齊瑞也確實掌握了許多可靠的情報，理應不該對於眼前的狀況如此迷茫才對。

可是伴隨著自己的弟子，一個接著一個失手被警方逮到，然後又是一個本家的男子，差點殺了自己的寶貝兒子，這些情況確實都讓鍾齊瑞覺得不解。

因此好不容易把日本那邊搞定，鍾齊瑞立刻動身回台灣，原本預想應該可以在今天，就把那個本家男子揪出來，誰知道他寧可當縮頭烏龜，躲著不敢出面。

原本老翁第一時間想到的原因，是對方看到了自己的實力，知道不是對手，所以才不敢出面。

不過現在鍾齊瑞在調養氣力之際，靜下心來思考，就不免開始懷疑情況真的是如此嗎？為了引他出來，本來鍾齊瑞就沒有使出多少力，所以預想是因為看到自己的功力之後，被嚇到不敢出面，似乎不太合理。

畢竟自己年事已高，又沒有發揮真正的力量，光從今天的情況看起來，說不定看起來比那些被他逮到的弟子還要弱，如果這樣就被嚇到不敢出來，又怎麼敢跟其他人正面衝突呢？

從這個角度來看，這樣的推測似乎並不合理。

那麼，他為什麼沒出面呢？剛好不在附近？還是有別的原因？

不過更讓鍾齊瑞感到疑惑的，還是這傢伙到底是打哪冒出來的？

從今天平房附近布下的界來看，對方跟自己系出同門，而且應該就是本家的人，這就讓鍾齊瑞覺得疑惑，關於這傢伙的來歷。

本家不是在那場J女中大戰之中幾乎全滅亡了嗎？全鍾馗派只剩下一個小姑娘而已，那麼這個男人是打哪來的？

目前鍾齊瑞唯一想到的可能性，就是這個男人因為沒有去參加那場大戰的關係，所以成為了漏網之魚，逃過一劫。

但是……一個連那場大戰都沒有辦法參加的男人，真的可能有那樣的實力嗎？

不，不可能，如果從這個角度來說，大概就知道情況不太對了。

原因很簡單，因為如果這男人當年沒有被找去J女中，那麼本家不是在搞笑嗎？

鍾齊瑞自己評估過，其他人不要說，光是自己的大弟子，那個當年跟著一起顛沛流離，幾乎一輩子都跟自己出生入死的弟子，本家能夠跟他對抗的，恐怕一隻手都數得完。

真要說的話，可能只有南北兩大傳人，阿吉跟阿畢有可能對付得了他。

而那個男人竟然可以把自己的大弟子逼到用上那招，換句話說，那男人的實力，肯定不在阿吉與阿畢之下。

既然如此，他如果當年沒有在J女中，那麼J女中發生的事，不就是一個笑話？

連如此強大的人物都沒有找來，還自以為是的召開大會，想要統合鍾馗派，怎麼想都不合理。

但男子的存在卻也是個不爭的事實。

前思後想之後，似乎只有一個可能性，比較符合眼前的狀況。

答案應該就是關於當年那場J女中大戰的情報有誤，當年除了那個小姑娘之外，還有人活下來。

不過說到J女中大戰的結果，確實有些讓鍾齊瑞覺得不解的地方。

當時聽到了消息時，有那麼一段時間，鍾齊瑞一直納悶，到底當年J女中的決戰是怎麼回事，明明不應該是這樣的結局，最後卻演變成這樣的結果。明明是幾乎所有本家的道士，都聚集在那所女中，要一起對付呂偉道長唯一的傳人阿吉。

由於身為傳奇道長的唯一傳人，因此阿吉的名聲，拜師父所賜，一直都算是道上的名人。不要說本家的人了，就連鍾齊瑞都聽過這個阿吉。

因此鍾齊瑞也知道，阿吉因為不喜歡本家的東西，只想當個高中老師，雖然有著高超的操偶技巧，但整體來說，並不是一個適合繼承呂偉道長衣缽的人，對道士這一行也是興趣缺缺。

也正因為這個因素，所以所有人對阿吉的實力到底有多強，一直都沒有辦法有個定論。因為他鮮少出手，不像他的師父呂偉道長那樣，大江南北到處奔波，留下許多事蹟可供參考。

但不管怎麼說，一個荒廢道士之業，跑去當高中老師的人，應該也不會太厲害才對，尤其是如果跟呂偉道長相比，那更是差距懸殊。

但J女中的決戰卻在人數差距懸殊，對方又綁了阿吉的學生當作人質的情況下，有了玉石俱焚的結果，只剩下那個女學生活下來，這實在讓鍾齊瑞納悶到了極點。

那天，在J女中到底發生了什麼事？到底有什麼辦法，可以讓阿吉扭轉這樣的劣勢，形成這樣的結果？

如果說，當時前往J女中，試圖扭轉這個劣勢的人，是那個傳奇的呂偉道長，或許老翁還知道一兩個辦法，但是他的弟子阿吉……

……等等。

想到這裡，鍾齊瑞感覺自己似乎被情報限制住了。

會認為阿吉不行，就是因為自己這些年來確實有派人盯著阿吉，蒐集到的情報，大概拿捏到阿吉的實力，遠遠不如呂偉道長，不過阿吉終究是呂偉道長的傳人。

那些呂偉道長可以用的手段與辦法，阿吉說不定也都會用。

如果從這個角度來看的話，直接假設當年到場的人，不是這個實力可能會讓自己師父蒙羞的阿吉，而是呂偉道長自己的話……

「人自蝕」或許是個不錯的辦法，而且事實也證明，呂偉道長確實可以做到，這也是當年會讓自己流亡海外的最主要原因。

可是，那招雖然確實很恐怖的強悍，不過始終都比較適合一對一的情況下使用，用那招要一次消滅超過百人以上的道士，怎麼想都覺得不合理。

先不要說能力上能不能夠做到，光是阿吉真的這麼做，知道自己不是對手，不可能一百個人都是英雄好漢，硬要留下來跟阿吉拚到死為止吧？就算阿吉再強，也不可能把一百個人全都攔下來殺個精光吧？肯定會有人逃跑，不可能所有人都死在那間學校裡面才對。

所以，當時阿吉應該不是用這招，那麼剩下的可能性也越來越少了。

想到這裡，鍾齊瑞的腦海裡，浮現四個字，這四個字代表著一個傳說中的招式。

一個只有本家可以用，但卻只有自己這一派的人可以學會的招式。

雖然這個招式，到底有多少威力，鍾齊瑞並不是很清楚，因為就他所知，就連呂偉道長應該都沒有辦法用得出來才對。

可是，如今似乎也只剩下這個可能性了，因此鍾齊瑞越想越覺得合理，這下子拼圖也終於拼湊完全了。

真祖召喚，不但可能導致這個結果，更是那傢伙還活著的原因……

雖然說因為長年布下的眼線，讓鍾齊瑞即便身在海外，也幾乎在同時間就得到J女中決戰的消息，但知道的只有大概的始末，至於發生的細節與過程，卻完全不知情。

當然這段過往，不要說鍾齊瑞知道，就連他的一對子女，甚至於他的子弟，都非常清楚。

因為這是人世間最理想的現世報案例，如果今天讓鍾齊瑞成為教育部長，他肯定會把這整起事件的始末寫出來，然後編入教材中，讓後世的所有學子，都要朗讀默寫這篇故事。

如果有任何人，再懷疑所謂的「惡有惡報」，都可以拿本家滅亡的這個案例，來當作最好的教材。

而且這報應的力量，不只來自近代，如果將時間拉遠來看，更是早早就注定了本家的這種結局，來自清朝大戰的報應。

這就是惡毒卑劣的本家，最後的下場——絕子絕孫，從此消失於人世間。

如果當年，阿吉就是用了真祖召喚扭轉戰局，然後幾乎殺光了本家的道士之後，僥倖存活下來——那阿吉就是那個漏網之魚。

而這些年也因為這個緣故，才會下落不明，因為現在的他，應該只有夜晚才能清醒，連生活都不能自理，肯定出來也是丟人現眼的份，躲起來也是應該的。

畢竟真祖召喚這件事情，恐怕可以稱得上是本家，最為強大的招式，當然為此所需要付出的代價，鍾齊瑞也清楚。

畢竟天下沒有白吃的午餐，威力強大的招式，往往都伴隨著無法避免的副作用，而真祖召喚的副作用，就是所謂的元神受損。

元神受損的人，最輕微者，就跟魂咬的情況一樣，會讓人陷入瘋狂，精神錯亂。不過真祖召喚所帶來的損傷，可沒這麼輕微，至少能讓元神彷彿破洞般，沒辦法集中，導致生活都沒有辦法自理，更沒有辦法清醒。

而真祖召喚可能帶來的結果，最嚴重就是元神消滅，人也跟著死亡，不過既然他挺過來了，那麼至少也會因為元神破損的關係，無法成天清醒。

在這種情況下，只有在某些特定的狀況，才有可能恢復神智。

鍾齊瑞走到窗邊，仰望著天空，今晚的夜空清澈透亮，天上的星宿也清晰可見。

滿天的星空下，鍾齊瑞的目光直直注視著那個跟自己的流派有著密不可分的星宿。

就在鍾齊瑞抬頭看著那七顆明亮的星宿之際，外出購買晚餐的那一對姊弟回來了。

「我問你，」鍾齊瑞淡淡地對著少年說：「那個金髮男子出現的時候，是不是都在夜裡？」

少年想了一下，確實那個男人都是在夜晚時，有如鬼魅般的襲擊自己以及其他的師兄，因此少年點了點頭說：「是。」

如此一來，鍾齊瑞確定了，當然也了解到為什麼對方明明有機會將這對姊弟滅了，卻突然停手的真正原因。

「唉，」鍾齊瑞搖搖頭說：「你們錯過了一個絕妙的機會。」

「什麼機會？」

「可以幹掉那個阿吉的機會。」

當然，兩人光是這樣也不可能明白其中的道理，而鍾齊瑞這邊，倒也不是真的覺得可惜。

「不過沒關係，」鍾齊瑞面無表情地說：「留給爸爸也好，因為……他可以代替他的師父，償還一些債務。」

其實，到頭來對於與自己多年相伴的弟子，全部都被阿吉害死這件事，鍾齊瑞倒是沒有什麼太多的怨懟。

對鍾齊瑞來說，或許這樣也好，自己在黃泉的路上，也有些弟子可供使喚、陪伴。

這也是人說「人之將死，其言也善」的主要原因吧？一旦跨越了生死，做好了準備，視野跟想法也自然會跟著脫俗。

不過這也侷限在出發點不同，自然想的也不一樣，至於是不是真的都很「善」，就見仁見智了。

「那傢伙的弱點，」鍾齊瑞對兩人說：「就是白天，只要白天，那傢伙就絕對沒有辦法清醒。」

即便這樣說明，兩人還是不太能夠理解。

「因為，」鍾齊瑞最後意味深長地說：「這就是真祖召喚的代價，既然這樣的話……」

鍾齊瑞話沒有說完，不過一個邪惡的想法，已經浮現在腦海中。

這時，鍾齊瑞身旁又出現那個聲音，告訴他有人又呼喚了他的名諱，地點應該就是今天中午他們殺了那個叛徒的地方。

不過現在知道了一切的鍾齊瑞，臉上浮起一抹得意的笑。

老天終究還是愧對自己吧？

所以才會在最後，給自己準備了這麼一份甜美的大禮。

鍾齊瑞完全可以想像現在的這聲呼喚，應該充滿了怨恨吧。

眼前彷彿浮現金髮的阿吉，在平房看到那宛如煉獄般的景象，痛苦與懊惱的模樣。

「恨吧，」鍾齊瑞淡淡地笑著說：「我不會給你任何機會的，洪旻吉。」

至此，鍾齊瑞不再對那個男子的身分有所懷疑，甚至於他非常清楚現在阿吉的狀況。

因此鍾齊瑞知道，不需要著急，等到白天，才是自己行動的時候。

他也要讓本家的人嚐嚐，那種無能為力的感覺。

尤其是這個本家的人，還是呂偉那廝唯一的弟子，意義更是非凡啊。

——這無疑就是老天愧對他之後，送給他最甜美的大禮。

第7章・燒毀

1

對鍾家續來說，收服地狂魔的那天，人生彷彿來到一個轉捩點。

在確定了自己的力量，真的遠遠超過自己的想像之後，鍾家續並沒有沉溺在驚喜的情緒中。

接下來的幾天，鍾家續用連自己都嚇一跳的速度，橫掃了雙北市。

雖然不至於到滿街都是妖魔鬼怪的程度，但在城市的各個角落，甚至是許多讓人意想不到的地方，都有些靈體可以讓鍾家續收服。

魔悟之後的鍾家續，不只擁有超乎常人的敏銳，可以精準、快速察覺到靈體的存在，就連收服靈體的速度都迅速到真的彷彿是舉手之勞的程度。

短短幾天的時間，就讓鍾家續收了滿滿一袋的符鬼，成效比當時上山還要好上好幾倍。

雖然那天在台北車站附近的巷子裡，曉潔與亞嵐兩人就對現在的鍾家續感覺到驚訝，而這幾天下來，更是讓兩人真正認知到魔悟的成效，遠遠超過兩人所能想像的範圍。

三人這幾天大概都是從中午開始行動，如果在過去，這個時段可以說是許多靈體最虛弱的時刻，也因為這樣，很不容易發現靈體的蹤跡，所以不是很理想的尋靈時刻。

不過這一點，對鍾家續來說，已經不是什麼大問題了，他幾乎已經不需要靠那些試驗，就可以準確找出靈體的所在。

如果連大中午陽氣最盛時，都可以輕鬆找到靈體，那麼其他時刻，幾乎沒有任何靈體，可以逃得出鍾家續的法眼。

靠著鍾家續的這點優勢，三人從中午出發，隨便在雙北的街頭遊蕩，大概都可以有不錯的收穫。

只是順利歸順利，不過也會發生一些意想不到的情況，甚至是三人連想都沒有想過的情況。

這一晚三人來到了一間隱身在巷弄之中的廢棄平房，由於是台北比較古老的社區，因此有些平房已經荒廢多年，多半是產權有問題，或者是繼承者還沒有機會處理，這些平房大多簡單用幾片鐵皮將它圍住，圖個眼不見為淨，就這樣荒廢了多年，與附近的大樓形成強烈的對比。

三人在傍晚左右經過了這個地方，鍾家續就感覺到裡面有靈體，不過三人還是決定先在附近簡單吃個晚餐後，再到裡面去看看。

因為有鐵皮圍著，因此也不用擔心附近有人會注意到，只需要在潛入時，小心不要被看見就可以了。

晚餐過後，三人照著原定計畫，來到那間廢棄的房子。

他們一起翻過鐵皮，然後鍾家續先一步進入屋子裡，亞嵐跟曉潔則守在門外，結果剛進屋子，那靈體立刻顯形，出現在三人面前。

想不到鍾家續才剛踏入疑似有靈體的房子裡，對方竟然立刻有了激烈的反應，而且這反應遠遠超過三人所想像的範圍。

在伴隨著顯形的同時，靈體竟然開始咆哮，身體的模樣也開始泛紅。

這反應三人當然不陌生，因為三人都見過這樣的情況——鬼自蝕。

這恐怕是三人想都沒有想過的狀況，照他們對靈體的了解，這應該是鬼魂在不得已的情況下，以命換命的恐怖招式。

問題就在於，別說動手了，鍾家續連東西都還沒放下，對方就已經在自蝕了。

類似這樣的情況，不要說沒聽過，光是連想都沒有想過。

靈體不可能無緣無故使用這樣的招式，換句話說，這是靈體看到了鍾家續之後，知道自己死路一條下，直接的反應。

「有必要那麼激動嗎？」鍾家續無奈地說。

結果話才剛說完，那個鬼自蝕的靈體，已經朝他撲了過來。

鍾家續別無選擇，只能跟對方硬碰硬。

然而他今晚來這裡，可沒有打算打到對方永世不得超生，只是想要收服對方而已。想不到他竟然自覺沒有勝算，直接就來個玉石俱焚，這絕對不是鍾家續想要見到的情況。

不過對方之所以會有這樣的反應，本身就是因為實力相差過於懸殊，因此如果鍾家續貿然動手，很可能真的就直接把對方送上西天。

光看一眼以及靈體此刻的反應，幾乎可以確定，對方就是地縛靈，力量雖然不強，不過收起來後，多少可以在實戰時發揮一些力量，卻沒想到對方「寧死不屈」。

當然，不是說鬼自蝕鍾家續就收不了，只要功力夠，一樣可以手到擒來，不過就只是比較麻煩，需要先削弱一下對方的力量才行。

不過因為對方的力量不夠強，魔悟至今的鍾家續，還不太能夠控制自己的力量，畢竟，他對自己的力量還十分陌生，因此鍾家續深怕自己會真的把對方打到煙消雲散，所以不敢使用魁星七式。

眼看對方撲過來，鍾家續立刻揮拳，只是這一拳就真的只是單純揮過去，不是什麼魁星七式的招式。

即便如此，光是現在鍾家續的功力，在沒有魁星七式的加持下，還是一拳就把對方打飛。

眼看對方被打到似乎整個身影都顯得淡薄，鍾家續心裡也嚇了一跳。

「試試看吧。」

鍾家續也不再多想，從口袋裡掏出一張符，直接就收看看了。不然這樣打下去，說不定真的不小心多用點力，就把對方滅了。

如果這一下還收不了對方，那麼鍾家續可能會選擇撤退，畢竟生死相搏真的不是鍾家續的本意。

對方被鍾家續一拳打趴後，還沒辦法站起來，他立刻把握這個機會，一個箭步衝上前去，二話不說就將符貼上去。

結果，就這樣把那個鬼自蝕中的靈體吸入符內，成功收服靈體。

想不到就連鬼自蝕，自己都可以輕鬆解決，讓鍾家續再次感受到現在自己的力量，實在超乎想像。因此收服了這個鬼魂之後的他，靜靜地看著自己的雙手，他感覺到了……力量。

這就是呂偉道長他們這些高手的感覺嗎？

內心中的狂喜，讓鍾家續有點喘不過氣了。

但這樣的狂喜，卻像是雨後的彩虹般稍縱即逝。

雖然不至於感覺到像《蜘蛛人》裡那句經典台詞那樣，感受到「力量越大責任越大」的使命感，但鍾家續非常清楚，在過去的歷史中有太多人，因為有了這樣的力量，而做出太多錯誤的決定，他期許自己不會重蹈這樣的覆轍。

鍾家續抬起頭，看到了亞嵐與曉潔，兩人凝視著自己，他知道這是實現自己承諾的時候了。

鍾家續說過，即便有了強大的力量，也絕對不會濫用，現在就是他證明自己的最好時機。

「走吧，」鍾家續淡淡地說：「是時候可以找阿吉好好談談了。」

鍾家續開始收拾東西，準備撤離。

至於要怎麼找到阿吉，目前三人還沒有一點頭緒。

就在鍾家續收拾東西時，一旁的曉潔趁著剛剛的經驗，幫亞嵐複習相關的口訣。

想不到這時，鍾家續又有了新的魔悟，而且這個魔悟的內容，讓他有點驚訝，因此轉過頭來拜託曉潔再多背些口訣。

曉潔照著鍾家續的要求，將整段口訣背誦出來，鍾家續抿著嘴，仔細聽著曉潔口中的一字一句。

聽完了一段口訣後，鍾家續跟先前一樣，稍微整理一下剛剛魔悟到的東西。

雖然說在山上魔悟期間，三人就已經知道，隨著鍾家續的功力不斷提升，有些口訣還有機會能再次魔悟，可是這時候又聽到了一些魔悟，還是讓鍾家續覺得驚訝。

不過最主要讓鍾家續覺得驚訝的地方是，這次魔悟的內容，對鍾家續甚至對曉潔來說還算滿熟悉的東西。

「需要我再背一次嗎？」曉潔問。

鍾家續搖搖頭。

「這次是什麼呢？」亞嵐問。

「嗯……」鍾家續沉吟了一會之後，才緩緩地說：「真祖召喚。」

聽到這四個字，亞嵐跟曉潔臉色一沉，互相看了一眼。

確實「真祖召喚」這個招式，就是魔悟的一環，這是在鍾家續真正魔悟之前就知道的事，他也曾經把這件事告訴亞嵐跟曉潔，但現在真的魔悟到了這個部分，還是感覺到有點驚訝。

比起先前自己透過父親所知道的部分，這次鍾家續的魔悟更加完整，幾乎完全了解所謂的真祖召喚是怎麼一回事了。對於誰可以使用、該怎麼使用，甚至是使用之後有什麼樣的後果，都包含在這次的魔悟中。

了解真相後，讓鍾家續感嘆，再次感覺到自己跟阿吉之間的差距。

鍾家續透過魔悟了解，想要使用真祖召喚的人，必須要跟鍾馗祖師的氣息相通，而想要跟祖師爺氣息相通，則必須要跟鍾馗祖師「相處」夠久才行。

當鍾家續把這點告訴兩人，亞嵐也不禁白眼。「所以平常有事沒事就要請祖師爺下來喝茶嗎？」

「當然不是，」鍾家續說：「就好像是乩童那樣，常常請來祖師爺的分身，降臨在自己或者是戲偶的身上。」

問題就在於，不管是本家還是鬼王派，都沒有乩童這樣的角色，而且祖師爺也不能說請就請，一般都是只有在緊急的時刻，才會請這麼一次。

綜觀一個道士的一生，根本不太可能有足夠的經驗，可以累積到這樣的力量。畢竟敵我相差懸殊的情況，一個道士可能一輩子就只遇到一次，都很難活下來了，實在不太可能經過太多次這樣的考驗。

問題就在於阿吉的獨特性，他雖然擁有傲人的操偶天分，卻疏於練習本家其他的功夫，導致功力低落，遇到每個靈體都彷彿是生死之戰一般，敵我懸殊的情況，反而是正常情況。

另外從小就跟著呂偉道長南征北討，兩人聯手對付過無數的靈體，這些都有助於阿吉與祖師爺的氣息相通。

綜合這兩點，歷史上恐怕還真只有阿吉一個人才能做到這樣的事。

也難怪當年的呂偉道長會告訴阿吉，從這個角度來說，真祖召喚是只有他一個人可以使用的絕招。

不過感嘆自己不如阿吉還在其次，更重要的是，透過這次的魔悟，他也更加清楚地知道，在使用了這個招式之後，會產生什麼樣的後果。

真祖召喚，簡單來說，就是用自己的身軀當作媒介，召喚鍾馗祖師的元神來到人間。而這時候自己的身軀，就是所謂的金身。

但人不可能承受得起真神的元神，因此會導致元神嚴重受損，而正是真祖召喚的後果。了解了這一點，就可以大致上明白阿吉的狀況了。

「如果我沒有認知錯誤的話，」鍾家續理出了最後的結論，「阿吉很有可能，必須靠著北斗七星的光輝，才能幫助他的肉身，鎖住自己的元神……如此一來，他在白天時，很有可能會陷入失神的狀態，因為元神受損的關係。」

在聽到鍾家續這麼說，亞嵐跟曉潔都先皺起眉頭，尤其是曉潔，本來似乎還想要說些什麼，不過突然張大了嘴，沒有說出半句話。

在沉吟了一會之後，曉潔與亞嵐幾乎就好像照鏡子一樣，有著一樣的表情，並且將頭一起緩緩向上抬，最後異口同聲地叫出聲來。

「啊！」兩人張大了嘴。

這下子兩人都想到了，確實她們在不同的時間與地點，都有看到那種狀況下的阿吉。亞嵐是在頑固廟外，那時候的阿吉坐在警車裡，一臉痴呆地看著前方。

明明自己所處的位置，應該在阿吉可以看得到，甚至可以看得很清楚的地方，但阿吉卻完全沒有看向自己，反而一臉痴呆地望著前方。

至於曉潔就更接近阿吉了，她是在掩護著鍾家續逃離醫院時，在醫院大門前差點就撞上了阿吉跟那個女的。

兩人之間的距離，幾乎是伸手就可以抓得到人的距離。不過因為先入為主的觀念，以及過去的經驗，讓曉潔認定阿吉又在那邊裝肖維，所以才沒有發現，那時候的阿吉根本就不是裝的。

「一旦阿吉陷入這種狀態，」鍾家續說：「不要說有多威了，很可能光是連自保的能力都沒有，真的不需要什麼強大的道士，說不定兩三個癟三都可以讓阿吉吃不完兜著走。」

「所以，」亞嵐點著頭說：「我們只要在這個時候找到阿吉，把他五花大綁，然後等到晚上，是不是就可以跟他好好談了？」

「當然可以，」鍾家續無奈搖著頭說：「不過妳這樣的想法，一定要接在我剛剛說的那句話之後嗎？這樣接感覺我好像在罵我們自己是兩三個癟三一樣。」

亞嵐想了想，尷尬地笑了一下，確實這樣聽起來那所謂的三個癟三，就是在說三人一樣。只有靠北斗七星的力量，才能夠讓他有片刻甦醒，在完全沒有辦法看到北斗七星的白晝，阿吉根本沒有半點反抗的能力。

……北斗七星。

這些日子以來，阿吉與玟珊一直以為是月亮讓阿吉甦醒的，但實際上卻是北斗七星，這點恐怕就連阿吉自己也沒有想到。

如果阿吉知道這點的話，那麼他應該也能從這裡想到許多不一樣的辦法，就好像現在的鍾家續一樣。

「如果是這樣的話，」鍾家續說：「想要讓阿吉甦醒長一點的時間，或者是在沒有北斗七星的情況下甦醒，倒也不是沒有辦法……」

至少，就鍾家續所了解以及這段時間魔悟的領悟來說，確實有些時候有些辦法可以代替北斗七星的光輝。

不過這些並不是當務之急，因此鍾家續想了一下之後，立刻搖搖頭。

「但是現在，」鍾家續說：「還是要先找到阿吉才行。」

「但是……」亞嵐皺著眉頭說：「人海茫茫，我們要去哪裡找人啊？」

鍾家續沉吟了一會說：「如果有阿吉的生辰八字，還有他用過的東西或私人用品，或許我可以利用符鬼找到阿吉。」

雖然說最開始老翁那邊不知道阿吉用了真祖召喚，鍾家續這邊不知道真祖召喚之後的情況，但是到了這個時候，鍾家續這邊與老翁那邊，幾乎先後都知道並且掌握了阿吉的狀況。

雙方也不約而同都有了共同的目標——找到阿吉。

2

為了取得阿吉的個人用品，讓鍾家續能掌握到阿吉的行蹤，三人搭著車，準備回去那個對曉潔來說熟悉又陌生的地方，么洞八廟。

差不多三年前，曉潔第一次來到這裡，那次曉潔根本沒有意識到，自己跟這座廟的牽連，竟會如此的深刻。更沒有想到，自己有朝一日，會成為這座廟的主人，並且大部分的日子，都在這座廟裡度過。

由於么洞八廟位於巷弄中，所以三人在外面的大馬路下了車，然後步行到巷子裡，一路朝著么洞八廟而去。

這幾天天氣都陰陰的，聽說一個大型颱風在台灣附近，雖然目前研判不見得會直撲台灣，但外圍環流已經開始逐漸影響台灣，導致天氣陰晴不定。

街頭顯得有點怪異，原本應該沒有多少人的巷子裡，此刻許多門口都站了些人，而且這些人都轉向么洞八廟的方向。

內心感覺到不對勁的三人，加快腳步，來到么洞八廟前。在看到那景象之前，耳邊已經傳來了附近鄰居的驚呼聲。

「失火啦！」

正如驚呼聲所說的一樣，么洞八廟的主大樓，被大火籠罩，從二樓往上一直到四樓，都陷入一片火海之中。

曉潔與鍾家續幾乎看傻了眼，完全沒有辦法反應過來，還是一邊的亞嵐急忙拿出手機通報消防隊。

在鍾馗派最凋零的時代，在眾多本家道士茫然無助，並且感覺到最黑暗的時刻，這座廟宇宛如一座燈塔，照耀了眼前與未來的道路。

如今這座代表了現代鍾馗派，最重要的建築物，卻籠罩在大火之中。

看著這讓人感覺到絕望的大火，鍾家續跟曉潔的內心，各自有著同樣熊熊燃燒的情緒。

對曉潔來說，這座廟不只已經是自己的家，更是阿吉託付給她的廟宇，如今變成這樣，曉潔深深覺得無顏面對江東父老。

而對鍾家續來說，不，對所有鍾家的人來說，每座鍾馗廟都是像祖墳一樣重要。即便在過去兩家血海深仇時，也不曾聽過有人惡鬥到焚燒或破壞本家的寺廟。

畢竟錯的是人，而不是祖先啊。

所以么洞八廟陷入一片火海中，真的讓鍾家續跟曉潔兩人都傻了。

或許就連老天都看不下去了，在消防車抵達的同時，天空也開始下起豪雨。

火勢在短時間內就被撲滅，雖然主體結構等等都還有待檢驗，不過拜大雨與消防隊迅速趕來之賜，至少還有半棟大樓沒有受到火勢的影響。

而大火損害最嚴重的，應該就是呂偉生命紀念館的部分，那裡可能就是最初的起火點。

就連消防人員也不得不說，如果不是這場及時的豪大雨，火勢恐怕會一發不可收拾，甚至很可能將整座廟燒成灰燼。

警方雖然晚了一步到達，不過動作卻很俐落確實，確定撲滅火勢的同時，就有警員過來，帶曉潔等人前往里長家裡，去確定監視器畫面。

因為透過消防隊員初步的研判，人為縱火的可能性極高，而通往廟門口的巷道兩側，也裝了社區的監視器，所以警方請三人一起過去看監視器畫面，看看能不能指認出縱火的兇嫌。

透過監視器，他們又再度看到了那一對熟悉的姊弟身影。

「真的是他們。」鍾家續用手指著兩人的身影。

雖然說不可能只憑三人的指證就讓兩人被定罪，不過光憑著兩人先前已經襲擊過廟宇一次的紀錄，這次又剛好在火災前被拍下這樣的身影，就足以讓兩人涉有重嫌，而且這還是對警方這邊來說。

對曉潔以及鍾家續等人來說，基本上就已經足以認定動手的就是他們兩人了。

雖然，鍾家續等人完全不知道兩姊弟的父親，也就是鍾齊瑞的事，因此沒有注意到，那個走在前面的老翁，眼光完全集中在那對姊弟身上。

不過光是這樣的資訊，也已經非常足夠了，鍾家續已經確定，這就是鬼王派的現狀，真的已經做到殺人放火的地步了。

認知到這個事實，對鍾家續打擊相當巨大。

就像剛剛看到么洞八廟起火時想到的事情一樣，過去即便在激烈鬥爭的時代，也不曾有任何一方破壞對方的廟宇，畢竟雙方有著共同的先人，鍾馗祖師對兩派來說，都是最神聖的象徵。不管哪一方敢損害廟宇，都是大逆不道的行為。

放火燒毀對方的廟宇，不要說聽都沒有聽過，是光想都不敢想像的事。

曉潔與鍾家續看著被大火肆虐過後的么洞八廟，心痛之情溢於言表。

當然身為廟的主人，加上又是呂偉道長的徒孫，有這樣的情緒，並不算意外。

但鍾家續可能比曉潔，更加痛心與難受。

放火燒廟，這是多麼不敬的舉動啊……

即便是過去，雙方鬧到你死我活的地步，也不曾聽過有人敢做這樣的事情。

畢竟，不管是本家還是自家，不管是驅魔至尊還是鬼王，都是鍾馗祖師啊。

竟然沒有把神像拿出來，就放火燒廟，真的只能用喪心病狂來形容了。

看著被燒毀的鍾馗神像，鍾家續真的氣到渾身發抖。

此時此刻，鍾家續當然還是有點懷疑，自己身為鍾家子孫後代的這個身分，不過根深蒂固，從小到大的教育，讓他對於鍾馗祖師這個祖先的認同感與情感，早就已深埋心中。

看到自己祖先的神像，被人這樣燒毀，不禁讓鍾家續感覺到憤怒與哀慟。

就算是對方才是真的鍾馗祖先的後裔又如何？做出這種事，他們真的配當鍾馗祖師的後代嗎？

即便大雨打在鍾家續的身上，卻完全澆熄不了他胸中熊熊的怒火。

如果這就是命運的話，那就大家一起玉石俱焚吧！

或許，這才是真正屬於自家的命運——毀滅。

當一個家已經變成這副德行，幹盡骯髒之事，根本沒資格繼承所謂鍾馗之名。

這，才是當年所有本家道士付之一炬的真正原因。

不把人命當一回事的人，根本沒有資格活在這個世界上。

3

鍾家續感覺自己透過這場大火，又看清了許多東西。

從曉潔那裡知道，阿吉襲擊自己的原因，就是這幾年一連串的殺人案。

換句話說，阿吉把自己當成了兇手。如果從這一點反推的話，那就是連阿吉也認定，除了自己之外，沒有其他的鬼王派了。

至少幾個月以前的自己，也是這麼認為的，一直到那一對姊弟蹦出來為止，鍾家續也一直認為自己是鬼王派唯一的傳人。

或許曉潔跟阿吉不清楚先前發生過的事，但是鍾家續可是從小就非常清楚，這裡有一座么洞八廟，是本家現今最重要的一座廟宇。裡面鎮守著一位鍾馗派的大道長，也是將自己的父親打成重殘的呂偉。

普天之下，如果說有人想毀了么洞八廟，那肯定就是鍾家續父子了。就算他們要毀，也不可能這樣燒廟，畢竟裡面供奉的橫豎都是自己最重要的祖先啊。

因此，對於今天這些人的行動，鍾家續真的感覺到無法理解。

這算什麼？隔了這麼多年，在幫自己的父親鍾齊德出氣嗎？

與其這樣，做這些無謂的事情，還不如……還不如不要拋棄他們父子倆，不是嗎？

憤怒與怨恨，讓鍾家續全身顫抖。

不過激情過後，真正該面對的問題卻從來不曾改變過。

他們之所以選擇回到么洞八廟，就是為了拿阿吉的物品，因此鍾家續不免也聯想到，對方前來這裡，會不會也是為了相同的目的。

在消防隊員與警方離開之後，三人聚集在倉庫這個沒有被大火影響到的房間裡。

「我想，」鍾家續對曉潔說：「那些妳說過的案件，應該跟那對姊弟脫不了關係。就算不是他們幹的，至少下手的人，他們也絕對認識。」

既然是鬼王派的手法，自己又不是兇手，那麼就只有這個可能性了。

或許一開始鍾家續無法接受，因為在他過去所認知的世界裡，敢做這種壞事的人，只有本家，但今天，這樣的觀念已經被徹底顛覆。

曉潔沒有說什麼，因為她非常清楚，這對鍾家續來說，肯定是個最痛的領悟。

「不過我想的是，」鍾家續沉著臉說：「會來襲擊這座廟，除了洩恨外，他們的目標會不會……也是阿吉？」

聽到鍾家續這麼說，曉潔跟亞嵐的臉色也是一沉。

確實，這座廟除了是北派以及現今鍾馗派本家的大本營外，這裡恐怕也是這個世界上，少數幾個可以取得阿吉私人用品的地方了。

而且從其他沒有被大火燒毀的房間看起來，確實有被人搜過的痕跡，看來對方真的在找東西。

如果要說值錢的東西，那麼么洞八廟裡面最珍貴，應該就是鍾馗四寶。

這是聽到警方與消防隊員說，在大火之前，屋子裡就已經有被竊盜的痕跡後，曉潔第一時間想到的東西。

那時候曉潔就在想，他們或許就是為了鍾馗四寶而來。

因為阿吉曾經告訴過曉潔，其實兩派後來之所以會產生許多的恩怨情仇，其實有一部分的原因，就是因為鍾馗四寶。

畢竟對雙方來說，這都是祖師爺所留下來的至寶，而當鬼王派成立之際，四寶都還收藏在北派的鍾家中，所以在那之後，為了鍾馗四寶的所有權，雙方也有所爭執。

其他的不說，光是在清朝大戰後，失去了所有鍾家成員的北派，也被其他派要求交出四寶。因此當看到其他地方彷彿遭過小偷那般，被人翻箱倒櫃，曉潔第一時間想到的就是鍾馗四寶。

不過被鍾家續這麼一說，才知道對方很有可能正是為了拿到阿吉的私人用品。

會這麼認為的原因很簡單，因為最後對方放了這把火的關係。

如果對方真的是為了鍾馗四寶，那麼在鍾馗四寶還躺在保險箱，他們並沒有找到的情況下，貿然放火，很可能連鍾馗四寶都付之一炬。

所以正常邏輯下，就是對方已經得到了他們要找的東西，至於這把火，根本就只是恩怨下的產物，並不是真的要銷毀什麼。

「如果對方真的已經拿到了阿吉的私人用品，」曉潔瞪大眼，「那麼阿吉就危險了，尤其是在白天的時候。」

亞嵐突然想到，如果局面真的變成這樣，或許……對鍾家續來說是最好的情況。

阿吉跟那一對姊弟以及他們的組織拚命，然後落個兩敗俱傷。

鍾家續這邊什麼都不用做，只要冷眼旁觀，說不定就可以漁翁得利。

想到這裡，亞嵐雙眼銳利地盯著鍾家續，因為……這或許就是檢視鍾家續最好的機會。

「走吧，」鍾家續完全沒有看亞嵐這邊，根本也沒注意到她的眼神，只是淡淡地說：「我們需要趕快找到阿吉的東西。」

這，就是鍾家續的答案。

不管對方是不是真的鎖定了阿吉的私人用品，想要追蹤阿吉，對三人來說，也確實是時候讓雙方面對面好好談談了。

只是不管是鍾家續還是曉潔，都還沒有徹底覺悟，眼前等待著眾人的，是這個流派最後的毀滅之戰。

而三人的行動，卻也為這場最後的大對決，帶來關鍵且決定性的影響。

阿吉個人用品，大部分都集中在呂偉生命紀念館後方的小房間，如今那個房間已經幾乎被燒毀，不過阿吉在這裡生活那麼多年，還是很容易找到一些沒有被燒毀的東西。

最後，他們在阿吉以前住的房間裡，找到一件阿吉當老師時常穿的襯衫。

有了這件襯衫，鍾家續就可以利用手邊的符鬼，追蹤到阿吉的下落。

至於么洞八廟的善後工作，看來也只能在確保阿吉沒事後，再來傷腦筋了。

有了阿吉的東西之後，鍾家續就可以試看看能不能讓自己的符鬼，找到他的下落。

時間對三人來說，相當不利與緊迫。

對方會襲擊么洞八廟，恐怕目的也跟三人一樣，就是為了取得阿吉的物品。

如今，對方已經搶先一步，現在就看三人，能不能追上對方的腳步了。

在那對姊弟的襲擊事件之後，么洞八廟的工作人員就已經被移往安全的地方，因此剩下的，都是陳憶玨安排的人。

誰知道，前天何國彬遭到襲擊，許多警員都前去支援，因此么洞八廟也呈棄守狀態。

不過或許這也算是不幸中的大幸，如果繼續留在這裡，說不定會跟平房的那些員警一樣的下場，那麼緊接在那對姊弟離開之後，回到么洞八廟的三人，看到的恐怕就不是單純的火災現場，而是跟平房一樣，是宛如煉獄般的景象了。

而么洞八廟失火的消息，也傳到了陳憶玨那邊，不過因為平房襲擊案還沒有告一段落。

因此陳憶玨沒辦法抽身，只能讓玫珊帶著阿吉先行一步北上。

三方的人馬，就這樣為了各自的目的，又再度集結在雙北。

一場代表著鍾馗派的命運之戰，也像今晚的大雨一樣，悄悄地展開了。

第8章・身世之謎

1

么洞八廟被人放火燒毀的消息，幾乎是當天晚上就傳到了陳憶玨的耳邊。第二天一早，陳憶玨就把這個消息告訴與阿吉同行的玟珊。

因為平房襲擊事件調查還沒有結束，陳憶玨這邊還走不開，因此委託玟珊先帶阿吉北上，去么洞八廟看看情況。

「那個……」臨行前陳憶玨欲言又止，「妳先到廟附近，但不要過去，等他清醒後，把情況跟他說，再帶他過去。」

就是擔心阿吉會受不了，因此在把這個消息告訴玟珊時，陳憶玨也是把她拉到隔壁房間，擔心阿吉聽到。

畢竟如果看到大火肆虐么洞八廟，都讓曉潔感覺到難過，對阿吉來說，那是他住了大半輩子的家，痛苦與難過恐怕只會更嚴重數倍。

這段時間的相處，讓玟珊也了解了不少關於阿吉的事，其實阿吉的世界在變成這樣之後，似乎也跟著簡單不少。

過去或許阿吉還有許多本家的師叔伯等等人際關係，但在J女中決戰，以及這一連串不幸的事件過後，對現在的阿吉來說，所有珍貴的東西，幾乎都跟么洞八廟有直接的關係。

像是這座廟本身，以及他所代表的鍾馗派，還有在廟裡工作的人員，跟那位女弟子，全都跟么洞八廟有著密不可分的關係。

如今廟毀了，阿吉會受到多大的打擊，玟珊完全不敢想像，不只有玟珊，就連陳憶玨在說這件事情時，擔心之情也溢於言表。

就這樣，在么洞八廟慘遭祝融之禍的第二天一早，在簡單用過早餐後，玟珊開著車，帶著阿吉與一顆沉重的心，一路北上。

大約在中午過後，兩人的車子回到台北，雖然對台北不是很熟悉，不過這也不是她第一次前往么洞八廟，所以在稍微走錯幾條路之後，還是順利來到了么洞八廟附近。

好不容易找到了停車位，將車子停好，但一直困擾著玟珊的問題，在經過這幾個小時的車程，還是沒有答案。

她不知道該如何開口，告訴阿吉這個殘忍的事實，更不知道該怎麼安慰，在得知這個事實之後，大受打擊的他。

比起曉潔來說，玟珊或許更能了解兩派之間的恩怨，因為如今的她，父親也被捲入這場恩怨的風暴中，自己也懷有仇恨，所以更能感同身受。

但在這條復仇之路上，還沒真正復仇，將殺害自己父親的人繩之以法，就已經衍生出更多的恩怨情仇。

因此即便停好車，玟珊還是沒有心理準備下車，原本打算先讓阿吉留在車上，自己先去看看情況，但卻有股莫名的不安情緒，在玟珊的心中打轉。

其實這個不安的情緒，打從北上，就一直縈繞在玟珊心頭。

那種感覺很奇妙，總感覺到背後有什麼目光正在盯著自己一樣。

不過不管何時回頭，都沒有看到任何不尋常的跡象。

或許，這些都是擔心阿吉會受到打擊，才會讓她有種坐立難安的感覺吧。

這是玟珊所能想到最好的解釋，但卻絲毫沒有半點幫助，那不安的情緒還是一直盤據在心頭，甚至有越來越嚴重的傾向，就好像恐慌症發作了一樣。

因此即便停車已經好一段時間過去，玟珊還是坐在車上，遲遲沒有下車。

但總不能就這樣彷彿荒野恐慌症一樣，一直躲在車上吧？

畢竟到阿吉醒來，還需要好幾個小時，所以終究得要下車。

於是稍微調整自己的情緒，想辦法壓抑內心的不安，過了一會，玟珊終於鼓起勇氣，打開車門。

下了車，連車門都還沒有關，不安的情緒又讓玟珊不停轉頭，掃視四周，這次，她還是沒有看到任何奇怪的東西。

……果然一切都是自己無謂的錯覺。

正當玟珊這麼想的時候，目光突然看到在不遠處的對街，幾個正準備過馬路的人。

等待紅燈要過馬路的人，大約有七、八個左右，不過真正吸引玟珊日光的，是其中一對看起來就像爺孫的三人組。

玟珊瞇著眼直盯著三人，這時其中的少年突然轉向玟珊這邊，與她四目相接之際，玟珊終於了解到，自己一切的不安，應該是有根據的。

因為在這四目相接的瞬間，玟珊終於想起這三人到底在哪裡看過了。

他們正是前幾天在平房襲擊事件中，被監視器畫面拍到的三人。

玟珊想起來的同時，那名跟自己對望的少年，也瞪大雙眼，認出了玟珊，並且立刻用手指著玟珊的方向，身邊的老翁跟少女，也紛紛看向這邊。

光是看三人的反應與動作，玟珊就知道對方也認出自己了，雖然不知道他們是如何認得自己的，不過玟珊知道如果對方真的就是血洗平房的兇手，那麼自己絕對不可能對付得了他們。

尤其是現在阿吉還處於失神的狀態，如果被三人追上來，可能兩人都會慘遭不測。

因此愣了一下之後，玟珊立刻反應過來，再度坐回車上，發動引擎，在三人還沒能來得及過馬路前，調轉車頭，駕車揚長而去。

當然，玟珊的猜想是真的，三人確實就是為了獵殺阿吉而來，而且三人會出現在這個地方，也不是巧合，並不是預料到對方的行動，而是靠著鍾齊瑞的符鬼，掌握到兩人的行蹤。

這一整天下來，玟珊之所以會感到不安，就是因為這些日子以來，透過學習阿吉所教的東西，多少也有了點道行，可惜也真的只有一點，所以沒辦法察覺讓自己感覺到不安的原因，就是附近一直跟著幾個小鬼。

眼看玟珊駕車逃離，三人也回頭回到自己的車上，開始展開一場逃亡與追擊的戲碼。因為鍾齊瑞知道，不管阿吉跟玟珊怎麼逃，都不可能逃得出他們的追蹤，因此鍾齊瑞這邊，並沒有太過緊逼。

即便如此，對玟珊來說，還真的不知道該怎麼辦才好，甚至不知道該往哪裡逃。

先不要說玟珊根本不清楚，警方把其他相關人等藏到什麼地方，就算知道，也不可能引著對方朝那個地方去，畢竟在阿吉沒有清醒的現在，就算是警方恐怕也沒有辦法保護那些人的安危，貿然前往那邊，絕對是非常不智的行為。

她只能用車載著阿吉，在台北市區內到處逃竄，至少在車子移動中，或許對方比較不方便動手。

雖然這樣的想法，確實讓玟珊稍微安心一點，不過在市區繞了一陣子後，玟珊就發現另外一個嚴重的問題，那就是這樣繞下去，車子很快就會沒油，如果停下來加油，難保不會被對方追上。

雖然對方並沒有追得很緊，不過每次當玟珊以為自己已經成功擺脫對方，停下來等紅燈之際，總會發現對方的車子，出現在後照鏡的視野中。

眼看著油量越來越少，玟珊也知道，這樣下去不是辦法，萬一自己需要加油，那時候對方就可以在加油站發動攻擊，所以不管怎樣都得要找個地方躲才行。

有了這樣想法的玟珊，這時才發現，自己一路開著車子，來到這個還算熟悉的地方。

因為對台北不熟，所以玟珊這樣漫無目的地開著，原本還一度想衝進警局，不過想到對方根本不在乎重重戒備，就算到警局，對方也絕對可以應付得來，因此唯一能做的就只有逃。

結果回過神來時，發現自己正逐漸向山上去，不自覺就回到這裡，這個玟珊唯一來過的山區，也就是C大所在的山區。

既然已經到這裡了，也只能去C大了，現在還是暑假，加上C大有許多大樓與教室，或許多少可以拖延一下對方找到自己的時間。

只要熬到晚上……等到阿吉清醒，就沒問題了。

這麼決定的玟珊，不再漫無目的地亂開，一路朝著山上的C大而去。

來到C大，將車子停妥後，玟珊不再猶豫，立刻拉著阿吉，衝進C大。

沿路上那不安的感覺，沒有絲毫減少，讓玟珊非常確定，對方一定還跟著自己。

而現在自己的任務只有一個，那就是想辦法躲藏，保護阿吉，一直撐到他清醒為止。

要達成這個任務，最理想的地方或許就是C大。

因為裡面有許多教室，校園裡面應該有不少可以躲藏的地方，如果運氣好的話，說不定可以撐個幾小時，直到阿吉醒來為止。

玟珊就這樣拉著阿吉，衝入C大，跑進其中一棟教學大樓，一連爬了好幾個樓層之後，找到一間沒有上鎖的教室，躲了起來。

就這樣過了一陣子，四周是一片寧靜，只有外面的雨聲。

由於下雨的關係，外面的天色很昏暗，這不免讓玟珊擔心，如果這樣的天氣持續到夜晚，會不會看不到今晚的月亮，阿吉就沒有辦法醒來了。

不過這不是玟珊現在需要擔心的事，因為就在玟珊看向窗外的天色時，順便低頭看了一眼，她看到了三個熟悉的身影，正走進教學大樓的入口。

那三個身影，正是他們爺孫三人。

看到這景象，更加讓玟珊確定對方不知道用什麼方法跟著自己。

這讓玟珊很猶豫，到底該不該繼續躲在這裡，可是因為對學校以及這棟大樓不熟悉，不知道有沒有其他出入口，如果貿然離開這裡，說不定會在路上跟那三人相遇，情況可能更加不妙。

如果可以的話，只要撐過幾個小時，到時候天就黑了，阿吉或許就有機會醒過來。

不過就在玟珊這麼想的時候，教室的門開始動了。

雖然即將開學，逃進學校時，多少有看見一些師生在走動，不過在衝進這棟教學大樓後，就沒有再看到其他師生了。

此刻會推動這扇門的人，恐怕也只有追著兩人進來的那些人吧。

但玟珊也只能更用力地摀住阿吉的嘴，並且祈禱門外的人，不是那些來索命的人，但其實玟珊心裡只剩絕望。

不管玟珊怎麼做，都無法改變門緩緩地推開的結果。

而也就是在這個眼睜睜看著門被推開的時候，玟珊有了自己可能會跟死守那棟平房的警員們一樣，死無全屍的覺悟。

2

么洞八廟失火的那天晚上，三人一直忙到了清晨，所以找到阿吉的私人用品後，便決定先休息一個晚上，因為體力實在不堪負荷。

三人幾乎都是一碰到床，就立刻發出鼾聲。

在休息了幾個小時後，第二天的一大清早，三人立刻開始行動。

因為擔心對方襲擊么洞八廟的目的，也是為了得到阿吉的東西，進而找到他的行蹤，所以鍾家續這邊也立刻開壇作法。

雖然鍾家續說起話來似乎還算篤定，而且開壇的動作也很流暢，該準備什麼東西，接下來該做什麼，看起來很確實，不過實際上，這也是鍾家續第一次做這樣的事情。

將阿吉先前常穿的襯衫放在神桌上，鍾家續將準備用來追蹤的符鬼放在阿吉的衣服上。

幾乎所有的符鬼，都能夠找人、追蹤人，只是效果有差別。

在一般的情況下，擅長追蹤的靈體，最基本的就是人縛靈，即便不加以運用，對鎖定的人物死纏爛打本來就是他們的特性。

雖然鍾家續此刻收服的靈體，不論是質與量，都是人生的巔峰，種類豐富齊全，不過魔悟後的他非常清楚，沒有經過鍊鬼的步驟，這些靈體仍保持著原形，沒有太出色的能力。

即使現在的他，已經知道該怎麼鍛鍊這些靈體，不過直到現在都沒有那個美國時間可以做這些事情。

因此，到頭來他還是選擇了人縛靈，看看能不能夠找到阿吉。

在標記好阿吉的私人物品後，鍾家續將寫有阿吉生辰八字的符紙燒毀，就靈體追蹤來說，能夠提供越多資訊，找起來越迅速確實。而阿吉的生辰八字，曉潔以前就知道，這方面確實是鍾家續這邊比較有利的地方。比起另外一邊的追蹤者來說，鍾家續他們可以運用的資訊更多。

確定標記好阿吉後，鍾家續丟出桌上準備好的令旗，宛如命令士兵出征的將軍般，指揮著人縛靈開始行動。

過了一會，鍾家續感覺到視線有點模糊，閉上雙眼，腦海裡浮現出彷彿是自己想像出來的景象，但鍾家續知道，這應該就是那個他派出去的人縛靈，在找到了阿吉後傳回來的景象。

那種畫面的感覺，就好像三、四十年前的電視機，靠兩根小天線接收訊號，導致景象十分模糊不說，而且常常會有些干擾，導致畫面更加難以辨識。

因此頂多只能看到個大概，甚至連路牌上的字都很難看清楚。

不過光是如此，也已經是件很了不起的事情了，至少可以幫助鍾家續多少掌握阿吉的行蹤。

從宛如想像般浮現在腦海中的景象看起來，阿吉似乎坐在一輛行駛在高速公路的車子上。好不容易從接連過去的指示牌上猜到了大概的地方，然後張開雙眼，剛剛那些如夢似幻的景象立刻消失。

「……苗栗，」鍾家續跟一旁看不到這些景象的兩人說道：「阿吉人應該在苗栗附近。」

聽到鍾家續這麼說，兩人臉色都沉了下來。

么洞八廟在台北，距離苗栗有很長的距離，如果阿吉現在人真的在苗栗，那麼可能還需要去搭火車才有可能找到他。

「那怎麼辦？」亞嵐問：「我們要去苗栗嗎？」

「不，」鍾家續說：「我看到他們正在車上，感覺似乎是在北上，如果我們現在前往苗栗，一定會跟他們錯過，所以還是確定他們抵達他們的目的地之後，再說吧。」

確實正如鍾家續所說，三人要移動到苗栗，絕對需要好幾個小時，如果阿吉在移動中，這樣的時間足夠他移動到別的地方。

因此現在也只能讓鍾家續的符鬼繼續追蹤，然後每隔一段時間，鍾家續再看一下，盡可能追蹤著阿吉。

接著鍾家續很快就察覺出來，載有阿吉的車輛確實在一路北上。

這對三人來說，絕對是個好消息。

首先，阿吉在移動中，行蹤不容易掌握，就算那對姊弟用了相同的方法，也很難一路追上阿吉。

至少移動中的情況，確實比留在一個定點來說，安全一些。

另外一個好消息就是，阿吉正在北上，朝三人這邊靠近，如果他們真的可以這樣一路來到台北，至少雙方之間的距離，已經比台北與苗栗之間還要接近，想要接觸也比較省時一點。

又過了一段時間的追蹤，阿吉的車子確實如三人所預期的那樣，一路朝著台北，甚至在中午開進台北之後，更是彷彿直接朝著么洞八廟而來。

「啊，」這時曉潔才突然領悟到原因，「應該是這裡火災的事，也傳到他們那邊了，所以他們正趕來這裡。」

當然，如果真的是這樣的話，或許也算是好事，三人真的只要在么洞八廟，就可以等著與阿吉重逢。不過一想到么洞八廟的現況，如果阿吉看到了一定會十分難過，所以還是讓曉潔開心不起來。

接下來也確實跟三人所猜想的一樣，車子一路朝著么洞八廟而來，直到找到了停車位停下來為止。

「他們到了。」鍾家續說完之後，氣氛當場變得緊張起來。

因為擔心如果那個帶著阿吉進來的女子，可能會一看到三人，就立刻轉身逃跑，所以他們選擇稍微在旁邊躲一下，等確定兩人進來後，再慢慢跟兩人接觸。

一切計畫都還算周詳，準備得很不錯，但阿吉卻遲遲沒有出現在廟口。

等了好一會都沒有等到人的三人，覺得非常奇怪，於是鍾家續立刻再讓符鬼出動，赫然發現對方正準備駕車離去。

雖然不知道發生什麼事情，不過現在雙方的距離如此接近，如果錯過的話，實在很可惜，因此三人決定追上去。

三人拎著隨身的袋子，快步跑出么洞八廟之後，攔了輛計程車追上去。

在車上，鍾家續繼續盡可能掌握對方的行蹤，一路一直跟著，不過因為對方似乎對於台北的路況不是很熟悉，過了好一陣子之後，才開上通往C大的山路。

至此，三人推測阿吉應該是要前往C大，因此直接就朝C大而去。

結果到最後，比起玟珊不熟悉山路，最後還繞了一下之後，才找到C大，推測他們前往C大的鍾家續等人，甚至比一路上跟著玟珊的老翁等人，更早一步追到C大。

在確定玟珊跟阿吉所在的教學大樓後，三人追進去，試圖要盡快跟阿吉接觸。

透過這樣的追蹤，讓鍾家續更加感嘆阿吉的威力，因為他的符鬼根本沒辦法靠近阿吉，只要靠近到五十步以內的範圍，都會讓符鬼的力量受到影響，幾乎到完全看不見的程度，鍾家續知道這完全就是因為阿吉的功力造成的。

也正因為如此，鍾家續頂多只能確定他們躲到了教學大樓裡，至於幾樓哪一間，鍾家續也沒辦法知道。

因此三人只能分頭尋找，希望可以盡快找到阿吉的下落。

曉潔一路找了幾間教室，然後來到了其中一間教室外，緩緩地將門推開，原本還以為會跟前面幾間教室一樣，都是空無一人，卻在門推開之後，看到一張熟悉的面孔。

對方原本一臉驚恐地看著門，但卻在看清楚自己時，從驚嚇變成愣住了。

這個人不是別人，正是這段時間一直跟著阿吉的女子玟珊。

想不到兩人會在這種情況下再次相遇，而這時曉潔也好不容易看到了自己一直尋找的目標，失了神的阿吉。

玟珊用身體擋住了阿吉，所以到現在曉潔才看清楚，心中的一塊大石頭，也終於放下。

與此同時，在樓下一層樓的地方，鍾家續也同樣推開了另外一間教室的門。

雖然跟曉潔在完全不同的樓層，但鍾家續這邊，也同樣遇到了一個，讓雙方都感覺到驚訝的人物。

3

鍾家續所推開的門後，是一個意料之外，卻也算是意料之中的人物。

雙方曾經在台南的一間廢棄小屋中相遇，兩人不但交手過，對方還搶走了鍾家續當時最珍貴的一隻符鬼。

後來再次相遇就是在么洞八廟時，可惜那時候的鍾家續，已經因為她弟弟的關係，整個人躺在血泊中，因此不是很有印象。

當鍾家續推開教室門時，看到的正是那一對姊弟之中的姊姊。

兩人幾乎同時看到對方，臉上也不約而同地浮現出驚訝的神情。

不過比起對方來說，鍾家續這邊的驚訝比較小，當然也比較快反應過來。

但對方似乎完全沒有想到會在這裡遇到鍾家續，因此張大了嘴，瞪大著眼看著鍾家續。

再次相遇，鍾家續希望可以一次就搞清楚這混亂的情況。

「你們到底是什麼人？」鍾家續皺眉問道。

這個疑問，打從兩人在那間台南的廢棄屋子裡面相遇的那一刻開始，就一直縈繞在鍾家續的心中，如今再次在這裡相遇，這也絕對是鍾家續第一個想要知道的問題。

被鍾家續這麼一問，少女回過神來，看了一下左右之後，突然上前抓住鍾家續的手。

「我沒時間跟你說這些，」少女焦急地說：「你快點離開，如果我爸在這邊看到你……」

「你們的目標是不是阿吉？」眼看少女不回答第一個問題，鍾家續提出自己第二個想要知道的問題。

「你管那麼多幹嘛？」少女一臉疑惑，「你該不會為了一個外人，要對付自己的家人吧？」

雖然沒有正面回答鍾家續的問題，不過少女的答案裡，出現了一個讓鍾家續很有疑問的詞彙。

「什麼家人？」鍾家續皺起眉頭，因為這絕對是他最不想碰觸，卻又是他最想知道的話題。

「妳說是同門派這件事？你們有把我當成同門嗎？上次——」

「我不是在跟你說什麼同門，」少女打斷了鍾家續，一臉嚴肅地凝視著鍾家續說：「我說的家人，就是那種有血緣關係的家人。」

鍾家續聽了頓時沉下臉，因為即便這少女的口音，實在很難聽得清楚她說的話，不過意思倒是很明白。

「妳最好解釋清楚一點，」鍾家續冷冷地說：「妳到底知不知道妳說的話是什麼意思？」

聽到鍾家續這麼質疑，少女很不悅地白了鍾家續一眼，然後用手比了比鍾家續跟自己。

「我跟你，」少女放緩自己說話的速度，盡可能讓自己每一個字發音標準一點地說出：「是、兄、妹，這樣夠清楚了嗎？」

少女說出「兄」的時候，指著鍾家續，說「妹」的時候，指著自己。

雖然類似的可能性鍾家續曾經想過，對方也有可能跟自己是堂兄妹之間的關係，對方也是另外一個鍾家等等的可能性，不過這麼直接的血緣關線，鍾家續根本連想都沒有想過。

畢竟這些年來，自己跟父親鍾齊德相依為命，鍾齊德也不止一次強調自己就是鍾家最後的血脈，所以根本沒想過自己會有手足。

再加上先前與這對姊弟中的弟弟交手，更是讓鍾家續連雙方之間會有半點血緣關係的可能性，都徹底打碎了，因此聽到少女這麼說，鍾家續根本完全沒有辦法接受。

「妳不要告訴我，」鍾家續壓低自己憤怒的聲音，聽起來更加駭人。「上次那個要殺我的人，叫做『家人』，妳是不是不懂家人的意思？那個小鬼在我看來，比較像是『仇人』。」

那天在么洞八廟發生的事，少女也非常清楚，畢竟當時的她也在場，她也親眼看到自己的弟弟，幾乎要將鍾家續殺了的場面。

「我知道，」少女臉上浮現出為難的表情，「弟弟他有時候確實讓人難以忍受，他……真的被寵壞了，不過這不會改變你跟我是兄妹的事實。」

鍾家續瞪著這個自稱是自己妹妹的少女。

「你還不懂嗎？」少女攤開手說：「這些年來，你一直認為是父親的人，實際上是你的叔叔，我們的父親，才是你真正的爸爸，我們是同父異母的兄妹啊！」

雖然少女說得很誠懇，不過鍾家續還是無法接受這樣的「事實」。

鍾家續搖著頭，因為如果事實真的是這樣的話，他們有太多機會可以把這個所謂的「事實」告訴自己，根本不需要這樣保密。

畢竟不要說其他的，光是少女跟他弟弟，就已經有兩次跟自己面對面，但是他們隻字未提之外，一個堅持要跟自己鬥鬼，另外一個則把自己打成重傷，差點連命都丟了，現在卻突然這麼說，當然讓鍾家續完全無法接受。

當然，關於這點少女大概也猜到了，不過她這邊，也有自己的苦衷。

「先前沒跟你說，」少女臉上再度出現為難的神情，「是因為……爸不願意認你。」

雖然對於這個天降的老爸，可能還沒什麼感情，但聽到少女這麼說，鍾家續的心還是感覺到彷彿被利刃劃上了一刀一樣。

「爸不認你，」少女皺著眉頭說：「有兩個原因，一個是……你叫了一個殘廢做爸爸。另外一個是……你的能力太爛了。」

少女的這席話，真的讓鍾家續內心的許多情緒彷彿瞬間被引爆開。

「哼。」即便內心充滿了許多激烈的情緒，但鍾家續卻只是冷冷地笑了。

畢竟今日不同往時，現在的他，雖然不敢說有多強，但絕對不能被叫做爛。

而且從兩次交手的經驗，讓鍾家續非常清楚，雙方所學的東西，本身就存在著極大的差距，如果讓自己打從一開始就學習這些東西，到底誰爛還很難說。

在這種情況下，不把該教的東西教給自己，反而嫌自己爛，真的是讓人無語至極。

不過，這倒不是鍾家續在意的點，真正讓鍾家續感覺到憤怒的地方是，如果少女所言屬實，那麼這個所謂的「爸爸」，離開自己時，自己還不過是個連記憶都還沒有的嬰兒。

因為打從鍾家續有記憶以來，自己的父親就只有一個，那就是鍾齊德，這對鍾家續來說才是最重要的。

而如今，他們卻用那兩個不堪的字眼，來形容自己心目中的父親，這讓鍾家續感覺到怒火中燒。

「我只說一次，」鍾家續惡狠狠地瞪著少女，強壓自己的怒火，用低沉宛如猛獸發火般的聲音說：「如果再讓我聽到，妳敢叫我『爸爸』殘廢，我保證這會是妳嘴巴說出來的最後兩個字。」

似乎完全沒想到鍾家續會憤怒到這種地步，少女瞪大了雙眼。

「比起你們這些，」鍾家續氣到渾身發抖，「不知道打哪裡來的……傢伙，我爸才是我唯一的家人，不是你們，所以如果你們敢再這樣稱呼我爸，我保證會讓你們後悔。」

眼看自己的話激怒了鍾家續，少女頓時也慌了。

「對不起，」少女一臉愧疚，「因為爸都這樣……所以我——」

眼前的少女，看得出來真的慌了，完全不像是演出來的，鍾家續能看得出對方的悔意，正打算開口緩和一下對方的情緒與氣氛之際，另外一個聲音傳了過來，打斷了兩人之間的對話。

「哼，」那個熟悉的聲音從另外一邊的門口傳來，「我就說我聞到了什麼味道。」

回過頭，果然看到了那張稚氣未消的臉龐，來的人正是這個少女的弟弟，也是讓鍾家續的肚子開了一個洞，差點就往生的人。

如果少女所說的是真的，那麼這個少年，也是鍾家續同父異母的弟弟，光想到這個就讓鍾家續感覺到一股怒氣。

「你走開！」少女斥道：「現在正在說重要的事情。」

「我們跟這個私生子有什麼好說的？」

「我說過你不要這樣說了，」少女不悅地說：「你現在真的都完全不聽我的話了？」

「你們吵夠了沒？」鍾家續冷冷地說：「兩個都給我住嘴，我說了……給我滾，如果你們兩個敢對阿吉出手，我一定不會放過你們。」

看到鍾家續真的火大了，少女低下頭，因為她一直都不希望雙方的關係演變至此。不過另外一邊的少年可就完全不這麼想了，對於這個「哥哥」，他一直都不承認，完全認定眼前這個男子，就是老爸跟一個亂七八糟的女人生的私生子，沒資格當自己的哥哥。

「哇哇哇，」少年一臉不屑，「好大的口氣啊，你傷好了嗎？不得不說，你還真的跟蟑螂一樣，你是白痴嗎？難道不知道，我要你跪著說話都可以。敢用這種語氣跟我講話？」

鍾家續沒有多說什麼，只是冷冷地凝視著少年。

「這一次，」少年嘴角上揚，露出不懷好意的笑容說道：「我一定不會讓你有半點機會活下來。」

少年沒給鍾家續半點準備的時間，說穿了，上次交手的經驗，鍾家續根本就不是自己的對手，因此此刻在這裡遇到了手下敗將，自然不想跟他囉嗦。

這次，少年下定決心就在這裡殺了這個家族污點，先斬後奏，頂多就是挨一頓罵而已。

因此一衝上來，少年就像在么洞八廟時一樣，掏出幾張符釋放出符鬼的力量後，朝鍾家續攻了過來。

這裡是教室，不像么洞八廟的前面廣場那樣空曠，兩人身旁就有一整排的課桌椅，不過少年一衝過來，兩邊的課桌椅就被一股看不見的東西撞開，感覺就好像一個巨人朝自己衝了過來。

如果過去沒跟少年交手過，此刻看到這景象，恐怕真的會被眼前這力拔山河的攻勢嚇到完全不知道該怎麼辦才好。

然而此一時、彼一時，這時候的鍾家續，不但透過魔悟，功力大幅提升不說，還擁有不知道為什麼可以不用開眼，就看得出靈體真相的眼力，因此根本不是這種小把戲就可以對付得了的人了。

眼看對方攻過來，鍾家續看準了他的動作，輕易地一個轉身，就在這狹小的空間中，完美地躲過了少年的攻擊。

鍾家續的動作奇快，因此不要說少年了，就連一旁看著的少女，都沒有好好掌握到鍾家續的動作，少年更是連鍾家續怎麼躲過的都不知道。

如果少年不是那麼依靠這一招的話，或許光憑這些年鍊過的鬼，絕對還有許多優勢。說穿了，就是打一般人打慣了，根本沒有半點可以對抗這些真正站在同一條起跑線上的人。

尤其是從小就是個天之驕子，就連跟師兄們對練時，師兄們都讓著他。

因此到了這種時候，還以為鍾家續是靠著運氣瞎矇躲過自己的攻擊。

「你就只有這麼一招嗎？」鍾家續冷冷地說：「只會這樣糟蹋別人的魂魄嗎？」

如果識相一點的話，少年在這個時候打住，鍾家續或許也會就這麼算了，因為打從一開始，鍾家續的目標就不是他們，更不可能為了報先前的仇，而跟他動手。

不過如果雙方真的跟少女所說的一樣，是兄妹與兄弟的關係的話，這樣的弟弟，還真的是讓做哥哥的拳頭硬硬的，不教訓一下真的受不了。

倒也不是自己一定是對的，可是就像阿吉當時在跟少年交手一樣，此刻的鍾家續也深深感覺得到，這少年扭曲的觀念，恐怕已經幹過不少壞事了吧？

連自己這種學習鬼王派功夫多年的人，都差點死在他的手裡，更遑論一般跟他同年紀的其他孩子，根本不可能有半點抵抗的力量。

以先後兩次見面的情況看起來，這小子身上還真找不到半點正面的人格特質，品性惡劣之處倒是隨處可見。

因此可想而知，在這種情況下也就算了，在學校或者是其他地方，恐怕更是為所欲為。說到底就連老師都沒辦法、更沒有能力，可以管得動他，因此他的惡形惡狀真可以用罄竹難書來形容，光是這一點，就讓鍾家續恨不得好好教訓一下這個少年。

壓根沒有想到鍾家續可能已經不一樣的少年，再次朝鍾家續撲過去。

現在的鍾家續根本不需要特別開眼，就已經可以看得到少年所有搞鬼的地方。那些被延伸出來的靈體，一舉一動都在鍾家續的掌握之中。

比起先前對付過的狂來說，少年的速度要慢很多，就算延伸出來的拳頭，讓他的臂長幾乎快要到一倍，不過只要了解到這點，基本上就只是跟長臂猿對打一樣。

雖然詭異了點，不過問題不大。

更何況現在的鍾家續，功力與當初動手時不可同日而語，就算真的被打到了，也不可能再受到那樣的重創。

因此這一次，鍾家續不再躲藏，直接迎戰對方。

鍾家續一個轉身，用半招逆魁星七式就打退了少年的靈體，而招式還沒有使完，鍾家續立刻變陣，一腳向前一跨，轉眼就欺近到少年的身邊。

少年還沒反應過來，鍾家續已經跟著順勢一個巴掌朝少年臉上揮過去，一個火辣的巴掌就這樣狠狠地打在少年臉上。

這一巴掌不是魁星七式的任何一招，單純就只是賞了他一個耳光而已，雖然充滿了侮辱的成分，不過絕對是手下留情。

因為……現在的鍾家續，每招逆魁星七式，都可以引發從內部爆開來的威力。

憑少年那半吊子的功力，又沒有像阿吉或曉潔有那種可以自救的招式，光是這時候隨便使用一招逆魁星七式裡的招式，都絕對可以讓他當場暴死，就好像這些年來被他們打到的人一樣。

所以這一耳光百分之百充滿了憐憫之意，只是儘管手下留情，這一下也算是用足力道了，少年被打到一連退了好幾步，然後一個踉蹌一屁股狼狽地摔倒在地上。

打從出生以來，這巴掌絕對是少年這輩子被人打過最大力的一下。

結果少年的反應，也算是出乎鍾家續的意料之外，他摀著臉，然後真的跟近幾年很流行的那些宮廷電視劇裡的女演員般，開始抿著嘴哭了起來。

「天啊，」鍾家續難以置信，「就這一巴掌，真的？」

鍾家續真的傻眼了，其他先不說，光是在么洞八廟時，自己肚子被他開了一個洞，都沒有這樣哭了。

更不用說這小鬼這輩子打過無數的人，欺負過無數的弱小，不管哪個人，所承受的傷勢與痛苦，絕對都比他現在這一巴掌還要嚴重數百倍。

小鬼就這樣啜泣起來，不要說鍾家續了，就連一旁親生的姊姊，也看到搖頭。

不管其他人的反應，激動的情緒在少年的心中翻滾，受辱、怨恨、氣憤、驚訝混雜成一塊，如果他再大個幾十歲，說不定光是這激動的情緒在大腦裡爆開，就已經足以讓他腦中風了。

不過他還年輕，因此這些情緒現在都只是化成淚水，從臉頰邊滑落。

其實打從出生之後的命運，似乎就已經決定了兩人的個性。

套個比較先進的概念，那麼少年就是個從小在舒適圈、同溫層保護下長大的小孩，而鍾家續雖然有著同樣的血脈，卻跟這兩個名詞完全無緣。

相比之下，鍾家續從小就被迫在痛苦圈、炙熱層活著，完全沒有辦法得到半點認同，打從出身就被否定，並且有著被人發現就很可能被殺掉的壓力。

在這兩個完全不同的環境下成長的兩人，自然也成為了完全不同的兩人。

同樣的，也就是這樣的環境，打造出來的人，讓少年自然而然變成了讓人難以接受的人，從某個角度來說，比起那些罪犯來說，少年更加惡劣。

即便做了那麼多糟糕的事，卻半點也不覺得自己錯，錯得理所當然、理直氣壯。

因為是師父的寶貝么子，加上門道的關係，讓這個中二小屁孩的人生，與鍾家續有著天壤之別。

他不只是父親手上的寶，就連跟鍾家結合的另外一個家族，也很疼愛他。

如果說鍾家續是個被丟在垃圾堆邊，撿著破爛吃著剩菜長大的小孩，那麼他就是含著金湯匙出生的小孩。同樣的家族，全身至少流著一半相同的血，卻有著完全不同的際遇。

如今的他，會變成這樣可笑、可恨的小孩，與這樣的際遇有著絕對的關聯。

從小就被寵壞的他，根本不可能分辨是非，就連對自己的姊姊都囂張跋扈了，更別指望他會把其他人當成人。

面對這樣的打擊，很顯然根本沒有辦法承受。

一臉委屈、憤恨的情緒全寫在臉上，他紅著雙眼，用手指著鍾家續。

「你只是個死雜種，」少年哭著大罵：「是爸爸跟不要臉的女人生的賤貨，我們才是最純的鍾家，你不要以為你還有資格繼承這個家！」

「什麼最純的鍾家……」

聽到少年這麼說，鍾家續不禁搖搖頭，比起鄙視來說，鍾家續更覺得眼前這個弟弟可悲至極。

「那些無謂的東西，都只是你自己認為的。」

關於這點，鍾家續有著切身之痛。

過去的他，也跟眼前這個小子一樣，聽著大人們說的話，內心油然而生的那種榮譽感，然後突然有一天，他們告訴他，一切都是假的，讓他的人生徹底崩壞。

雖然，到頭來自己終究還是鍾家的血脈，但鍾家續也已經徹底領悟，這根本沒有半點意義。尊嚴與榮耀這種東西，終究是需要自己去爭取來的，光想要靠祖先的血脈就天生高人一等，本身就是件很不光榮的事情。

「隨便你怎麼想吧。」

鍾家續當然也很清楚，這種根深蒂固的想法，如果不是真的遇到了一些徹底會讓自己改觀的事，是不可能靠著三言兩語就改變得了的，因此也不打算多說，做無謂的口舌之爭。

「但今天我就是要讓你知道，」鍾家續冷冷地說：「不是你想要怎樣就可以怎樣。」

如今雙方的實力，已經有了天壤之別，跟上次交手時，真的完全不一樣了。

就算是知道箇中原因的鍾家續，都還感覺到不可思議的現在，對少年來說，根本就是天大的打擊。

原本的喪家之犬，竟然反過來咬了自己一口，少年當然沒有辦法接受，更沒有辦法想像。

不過不管少年能不能夠接受，這都已經是無法改變的事實了。

現在的鍾家續，已經有了魔悟，過去的付出，都提升到了該有的高度，當然不可能會是少年所能對付的對手。

「放心吧，」鍾家續冷冷地說：「即便你如此糟糕，我也不會殺了你。」

就在鍾家續這麼說完之後，身後一個聲音傳了過來。

「殺得了的話你就試試看啊。」

鍾家續回過頭，一名老翁的身影，出現在教室門外。

「爸！」少年就好像看到了救星一樣，喜悅之情全部寫在臉上。

光是那身影，就透露出一股不尋常的氣息。

鍾家續非常清楚，這名老翁看起來絕對比起視覺方面還要來得更恐怖。

如果少女所說的是真的，那麼這個傢伙，就是三人的父親。

光是看一眼，鍾家續就知道這傢伙絕對跟這些年來養育自己長大的父親有著天壤之別，雙方之間有著嚴重的差距。

而且這個差距，絕對不是來自於所謂的好手好腳與半身不遂的差距，而是十分硬底子的功夫。

因為，光是這樣的距離，已經讓鍾家續聞到非常濃重的血腥味。

如果，這對姊弟所說的話是真的，那麼這也是鍾家續兩父子，至少是對鍾家續來說，兩父子第一次見面。

如果是這樣的話，面對這樣的父親，鍾家續可是有很多事情，想要透過拳頭好好跟這個父親溝通一下。

「這裡不方便動手，」鍾家續冷冷地說：「來吧，我知道一個很好的地方。」

當然，對鍾齊瑞一行人來說，既然鍾家續已經出面，就算他真的想要擋在眾人面前，也拖延不了多久的時間。

更重要的是，對鍾齊瑞來說，就算真的沒有辦法趕在阿吉清醒前，解決阿吉，也只是讓事情增加一點難度而已。

畢竟，此刻的鍾齊瑞，自認已經是凌駕呂偉道長之上的人了。

就算耽擱一些時間，光憑鍾家續這三個字，對鍾齊瑞來說，多少也有這價值。

於是鍾齊瑞等人，跟在鍾家續身後，鍾家續帶著眾人，穿過學校的後門，準備前往那片熟悉的草地。

在那片草地上，鍾家續曾經證明了自己，與曉潔聯手打敗過逆妖，卻也在同一個晚上，被阿吉一腳踹入深淵，人生從此有了重大的改變。

不過鍾家續也不得不承認，那裡確實是個很適合眾人動手的地方。

想不到又要回去那裡，讓鍾家續不免感慨。

自己的人生，就是從那裡，轉了個大彎，並且來到了一個自己連想都沒有想像過的地方。

如今，在那裡即將面臨的，又是一場驚心動魄的大戰，彷彿就是要為這一切的混亂，畫下一個句點。

第9章．父與子

1

鍾家續走在前面，鍾齊瑞等人跟在他身後，雙方不發一語。

對鍾家續來說，剛剛少女所說的話，還在他的心中迴盪，不過如果不拿出類似DNA之類這樣堅定的證據，鍾家續說什麼都不會接受這個事實。

但是……內心卻有種知道對方所言不虛的感覺。

為什麼呢？走在前面的鍾家續，試圖在這一片混亂中，找到一點可靠的訊息。不過內心激動的情緒，卻讓他沒有辦法冷靜分析，到底少女所說的話，是真還是假。

在後面跟著的鍾齊瑞，雙眼混濁卻銳利，一直打量著鍾家續的背影。

上次看到他，還是個出生不久的嬰兒，如今已經差不多成年了。

看著他的背影，鍾齊瑞心中五味雜陳，從某個角度來說，其實很多事情跟少女先前和鍾家續所說的差不多。

鍾齊瑞確實不太想認這個小孩，只是就連鍾齊瑞自己都不知道，會有這樣的情緒，其實真正想要抹滅的，是自己不堪的過去。

不過鍾齊瑞也知道，自己會有這樣的心情，其實就只是一種經過一份又一份冰冷的報告書之後，所做出來的判斷。

不管是鍾齊德還是鍾家續，對鍾齊瑞來說，彷彿自己人生的過客，與跟在自己身邊的這些弟子，與此刻的這一對兒女，完全不能相提並論。

那是沒有感情，只有血緣關係的人，根本就只是累贅。

讓弟子們去收拾這些累贅，對鍾齊瑞來說，也是理所當然的事。

但如今，看到了活生生，從那些冰冷報告書裡走出來的鍾家續，鍾齊瑞內心似乎也有點動搖了。

他有機會親眼看看這個擁有自己血統的年輕人，到底有沒有活下去的資格，就算沒有，至少由自己動手，也可以讓他死得沒有半點痛苦。

這就是在這一路上，浮現在鍾齊瑞心中的感覺與想法。

鍾家續帶著這些陌生的家人，再度來到了這個地方。

在這裡，他與曉潔一起對付了人生第一次遇到的逆妖，同樣也是在這裡，他被突然殺出來的本家男子，用行動告訴自己，所謂的實力的天花板可以有多高，讓自己徹底體會到世界之大，而自己不過是個井底之蛙。

至於這一路上，一直在心中起伏的那些情緒與疑惑，在停下腳步的同時，鍾家續也終於理出了一點答案。

鍾家續終於知道為什麼少女的說法，會讓自己的心情如此動搖。

因為，面對少女的一席話，自己這邊根本沒有任何強力的辯詞，可以將它推翻。甚至，一切都因為少女所說的話，變得十分合理。

先前鍾家續曾懷疑自己是不是壓根就不是鍾家的人，現在如果少女的話是真的，那麼他確實是鍾家的人，不過沒改變的，是被拋棄的事實。

頓時間就連鍾家續自己都搞不清楚，這樣的結果，到底該不該覺得慶幸。

轉過身，凝視著鍾齊瑞，終於來到了這個時刻，可以面對面質問的時候了。

在少女出現在自己的面前之後，有無數的疑惑在鍾家續心中打轉，但是如今，這些似乎又變得無關緊要了。

「為什麼？」這就是鍾家續第一個質問的問題，「為什麼要殺害那麼多人？」

在衡量一切之後，這似乎是唯一一個，真正讓鍾家續不解的疑惑。

聽到了這個問題，鍾齊瑞嘆了口氣，看起來失望地搖搖頭說：「這……就是你要問我的問題嗎？」

這個問題，一時之間還真問倒了鍾家續。因為在聽到這個問題的同時，心中已經有許多疑惑浮現。

你真的是我的父親嗎？這些年你到底躲到哪裡？就這樣拋家棄子，你不會內疚嗎？你還是人嗎？

可笑的是，這些問題，其實都已經不需要對方回答，鍾家續已經一個接著一個問下去了。

也正因為如此，鍾家續終於釐清了眼前自己真正想要做的事情。

鍾家續握緊了拳頭，明明有很多話還想要說，但現在他想要先海扁這個明明連半點責任都沒有負，卻自稱是父親的王八再說。

「不需要多說了，」鍾家續冷冷地說：「剩下我想要說的話，就用拳頭來表達吧。」

再也壓抑不住自己心中的怒火，鍾家續緩緩抬起了手。

這一次他不想再當個無奈的受害者，等待著別人決定自己的命運。

面對鍾家續這樣的態度，鍾齊瑞倒是挺欣然接受的，因為本來鍾齊瑞就想試試鍾家續。

這個年輕人既然繼承了自己的血統，就應該要具備一定的實力，如果他真的如此不堪，連比他還要小那麼多歲的弟弟都打不贏，那麼或許他就沒資格活在這個世界。

因此，鍾齊瑞揮揮手要兩姊弟退下。

兩人向後退，臉上的表情卻顯露出完全不同的心情。

姊姊的臉上一臉擔憂，但那個死屁孩臉上卻是一臉得意，完全準備要看好戲的模樣。

不過現在鍾家續沒有其他心思去考慮這些了，因為在他的眼前，絕對是一場硬仗。父與子，生與死，這場對鍾家續來說，堪稱是死亡期中考的交手，於焉展開。

2

在鍾家續即將與疑似自己父親的人物交手之際，C大校園的一間教室裡，有另外一個陷入兩難的雙方，正在想辦法解決眼前的困境。

對玟珊這邊來說，看到意想不到突然出現在兩人面前的曉潔，一時之間真的大腦一片空白，不知道該怎麼做才好。

因為她知道，阿吉並不希望其他人知道他現在的狀況，但是到了這個地步，還真的不知道該怎麼隱瞞。

除此之外，對於曉潔會突然出現在面前，又讓玟珊不免懷疑，會不會一切還是跟鍾家續有關，曉潔也根本就是跟那名老翁同夥，才會在這個時間點出現在這裡。

腦海裡各種可能性一起浮現，讓玟珊根本不知道到底該怎麼面對突然出現的曉潔。

曉潔這邊就不一樣了，看到阿吉的狀況，她才真的確定，阿吉正如鍾家續所說的那樣，因為元神受損，陷入了失神的狀況。

雖然內心多少還是覺得，阿吉彷彿隨時都會臉色驟變，然後一切都是他耍的伎倆這樣。不過就算是阿吉，也不會用這樣不堪的辦法，來解決所有問題吧？

曉潔相信，就憑阿吉的鬼點子，一定有更多更好的辦法，不需要用到這麼不堪的辦法才對。因此，阿吉的狀況，確實就跟鍾家續所說的一樣，因為元神受損的關係，所以沒辦法清醒。

「這就是你不跟我們見面的原因嗎？」曉潔一臉不悅地說：「笨蛋阿吉。」

只要這點通了，這些日子一直縈繞在大腦裡的疑惑，也跟著解開了。

就是因為這個模樣，讓阿吉即便還活著，也不願意跟大家相見。

「你知不知道，」曉潔仍然難平自己心中的激動，「以為你已經死了，大家有多麼傷心？我就算了，你這樣讓何嬷多麼傷心，你都沒有想過嗎？」

聽到曉潔這麼說，玟珊也暫時忘了剛剛的滿心疑惑，急忙想幫阿吉解釋。

「不是這樣的，」玟珊說：「阿吉那時候真的身受重傷，在醫院住了很長一段時間，不是故意隱瞞不說。」

當然，不管阿吉是真的不聯絡，還是真的住院中，這些都不應該由曉潔來做裁判，事實上就算是要好好教訓一下阿吉，第一順位還是應該落在何嬷身上。

當然更重要的是，這不是曉潔這次找上阿吉的原因。

「不過，」眼看曉潔沒有說話，玟珊也想到了現在的狀況，有點著急地說：「曉……潔，現在可能不是說這些的時候，因為情況可能有點危急，有一些歹徒正在追殺我們，我們如果繼續待在這裡……」

「這些我知道，我們也是這樣追過來的。」曉潔說。

「我們？」玟珊對這個詞，還是很敏感，畢竟這兩個字很可能包含很多不懷好意的人。

「我跟我同學還有鍾家續，」曉潔接著說：「至於我們也在找你們的原因，就是要告訴阿吉，這些日子犯下那些案件的人，不是鍾家續，而是另有其人。」

「嗯，」玟珊點了點頭說：「那些人很可能就是現在在追殺我們的人。」

就在這個時候，曉潔的手機響起提示聲，曉潔看了一下是通訊軟體，傳訊息來的正是亞嵐。上面寫著，「鍾家續找到了他們，把他們引去後山那邊」的訊息。

當然，對於這裡所說的「後山那邊」，曉潔一點也不陌生。

那正是三人聯手對付過逆妖，以及那個與阿吉進行過月下決戰的地方。

這也是三人在路上模擬狀況下，其中一個情況。

那就是由鍾家續出面，想辦法先把這些人引出學校，到後面的那片草地上。

對三人來說，這算是最理想的情況之一，不，應該說是最惡劣的情況中，最好的情況之一。

因為對三人來說，最惡劣的情況，就是那對姊弟以及他們的同夥真的找上門，而能夠順利將他們引走，確實是這最不幸中的大幸，至少給了他們一點空間與時間，可以先確保阿吉的安危。

不過既然這個情況三人已經預料到了，那麼接下來該做的事情，曉潔也非常清楚——那就是想辦法讓阿吉盡快清醒。

所以曉潔先回傳了訊息給亞嵐，要她先跟去看看鍾家續那邊的情況，還叮嚀她千萬小心，不要被發現，遠遠地看就可以了。

一切都在三人的計畫之中，現在就差曉潔這個部分了。

「聽我說，」回完訊息的曉潔轉向玟珊說：「我們之間有很大的誤會，我們……不，應該說鍾家續真的不是你們以為的兇手。另外我們已經知道阿吉的狀況了，現在的他如果被那些人找到的話，會非常危險。」

當然，關於鍾家續可能不是兇手，以及另外那三個人的危險性，這些玟珊都知道，所以沒有多說什麼，只是靜靜地聽著曉潔的話。

「我希望妳可以相信我，」曉潔說：「雖然我不確定，不過我可能有一個辦法，可以讓阿吉……提前清醒。」

其他的不用說，光是曉潔這句話，就已經讓玟珊有十足的興趣了。

「什麼辦法？」玟珊瞪大了眼。

「……七星點燈。」曉潔回答。

這就是鍾家續在魔悟之後，以及自己對元神受損的了解，得出來的一個辦法。

不過就連鍾家續自己也不敢確定，是不是真的有用。

畢竟有太多東西，尤其是這些混雜有老一輩傳下來的東西，真的只是理論上來說，到底是不是真的有效，也只有試過之後才知道。

當然，對於這個七星燈，其實曉潔與玟珊一點也不陌生，畢竟七星燈的應用，不要說在口訣或者是其他流派中，都被廣泛使用。

在《三國演義》中，就有類似的情節，在小說中諸葛亮就曾經想用七星燈來續命。

不過到底有沒有用，很快就可以知道結果，因為曉潔這邊早有準備。

曉潔把隨身攜帶的包包打開，從包包裡拿出七根蠟燭。

小心點好七星燈，準備好鍾家續說的所有步驟後，兩人四隻眼睛，都盯著阿吉的雙眼。

只不過，盯了好一會，阿吉的雙眼仍然呈現無神的狀況。

「可能……需要一點時間吧。」曉潔尷尬地說。

畢竟這個方法到底可不可行，就連鍾家續自己也不知道。

不過現在，好像也只能如此了，就算七星燈沒辦法讓阿吉清醒，只要到了晚上，雨勢若小一點，天空晴朗一點，阿吉還是有機會可以清醒的。

如果阿吉可以清醒的話，或許情況……不，是情況肯定會有所改變。

問題就在於，鍾家續能不能爭取到那麼多時間，還有就是……能不能挺得住。

3

終於，可以看看這幾乎一個人就誕生出新生鬼王派男人的實力了。

鍾齊瑞沒有擺出任何架勢，只是站在那裡，看起來就好像弱不禁風，風大一點都會站不穩的模樣。

照少女的說法，這個人應該是自己父親鍾齊德的哥哥，比鍾齊德還要年長幾歲，可是現在看起來，年齡的差距似乎有點太大了。

鍾齊德在生前看起來是五十多歲的話，那麼眼前這個男人說不定超過六十，甚至說七十歲，鍾家續都相信。

如果不是他身上散發出很強烈的血腥味，說不定不注意真的會把他當成一個普通的老人家。

這一次，既然是自己主動挑起戰端的，那麼就由自己主動出擊吧！

鍾家續一咬牙，朝鍾齊瑞衝過去，一場父與子的戰鬥，就這樣揭開了序幕。

雖然不像鍾馗派的弟子那樣，一旦墮入魔道，立刻就有整個功力轉變的情況。不過在功力提升這方面，鍾家續確實有了很大的成長。

不管怎麼說，這些年的努力，終於在這刻綻放，對鍾家續來說，這些日子就好像，被人強行封印在體內的力量，徹底獲得了解放。

這才是當年鬼王派真正的面貌與實力，透過了魔悟，即便是順序倒轉過來，但效果也沒有打折扣。這些就是短短幾個禮拜的時間，可以讓鍾家續成長如此巨大的真正原因。

如果不是因為魔悟確實可以讓人的力量昇華到這種地步，那麼當年的那些道士，根本就不會受不了誘惑，選擇墮入這條違背自己信仰的道路，更不會有鬼王派的誕生。

這正是完整魔悟下，會產生的變化。

面對這樣的鍾家續，鍾齊瑞確實感覺到有點驚訝。

先前鍾齊瑞之所以會讓自己的弟子殺了自己的弟弟鍾齊德，就是因為對這個宛如廢物一般的弟弟，沒有半點感情，加上他把鍾家續養成了一個廢物。在鍾齊瑞的心中，正是這樣的廢物，才會讓鬼王派這一路走來如此悲慘。

所以他非但沒有把他當成自己的弟弟看待，甚至覺得這樣的廢物，根本就不應該存在，這也讓鍾齊德，成為這場招婚競賽中的一個分數，而拿下這個分數的人，正是這一路上比起鍾齊德更像是自己家人的大師兄。

而且他還照著鍾齊瑞的指示，用了那個讓他膽戰心驚的招式，也就是當年呂偉道長所用的招式，將它完美複製。

其實用意很簡單，就是要證明呂偉那傢伙可以做得到，自己的弟子也可以做得到。

而在鍾齊瑞的心中，當初沒有幫到父親，反而被別人打到重傷，還肝膽俱裂的鍾齊德，根本早就該死了。

只是鍾齊瑞沒有想到，可憐的鍾齊德，根本什麼都還沒有學到，就被父親帶出去，當成了棄子般，被呂偉道長重創。

這就是人在福中不知福啊！

就好像鍾家續跟那個少年的對比一般，對鍾齊瑞來說，這些得天獨厚的恩寵，都是與天俱來的，因此從來不曾去考慮那些從小就不得寵的人，處境有多艱難。

不過今天，他看到了自己的長子，那驚人的模樣。不得不說，他確實很驚訝。

當鍾齊瑞聽到鍾家續連自己弟弟都打不贏時，讓鍾齊瑞覺得這個長子不如死了算了。

但今晚，鍾家續的動作真的讓鍾齊瑞感覺到訝異無比，甚至有種被欺騙的感覺。

到底是怎麼一回事，跟先前自己聽到的完全不一樣，雙方用逆魁星七式交手，但很快鍾家續就超出了鍾齊瑞的想像之外，不但連本家的正魁星七式都會交互使用，甚至大部分的時間，連鍾齊瑞都沒有辦法清楚知道他到底是用哪一招。

然而，鍾齊瑞會感覺到訝異，一點也不需要懷疑，畢竟此刻的鍾家續確實已經跟幾個月前完全不一樣了。

現在的鍾家續操偶朝向阿吉邁進，手腳功夫以鍾九首為師，而口訣更是從曉潔那邊而來。雖然還不夠，不過這資歷也絕對是前無古人、後無來者了。

本家三功夫，他都有了難以置信的強大導師，光是這點已經讓他的未來絕對是讓人期待。

鬼王派之所以使用逆魁星七式，就是因為逆魁星七式才能夠發揮出鬼王派的功力。

不過……對鍾九首來說，根本不需要那些邪魔歪道，就可以稱霸五湖四海。

因為就算鬼王派想要發揮功力，也得要先碰得到九首才行啊。

九首的那些功夫，本來就是鍾家續都會的，過去鍾家續最缺少的，就是實戰經驗，如今九首的實戰畫面，也多少補足了這個遺憾。

每個魁星七式，原本應該只有七七四十九種變化，如今鍾家續也打破了這個藩籬，不管是正逆七式，他都可以運用自如。不只如此，現在在鍾家續的腦中，七式的變化幾乎等同無限大，每招都能拆開，不需要使完。

左手右手可以同時用出完全不同的招式，這還只是第一步，這就是北派所謂的「九首之勢」。當年的呂偉道長，就是傳承自師父無偶道長的這種態勢，才學會這個入門的態勢。

不過現在的鍾家續，不只跨越了第一道門檻，還到第二步，雖然距離鍾九首還有很大的距離，不過也已經十分夠用，畢竟綜觀整個鬼王派的歷史，也不曾出現過類似鍾九首這樣的功夫高手，即便是本家，也不過九首一人。

因此手腳功夫絕對不是鍾齊瑞擅長的地方。

雙方交手了幾次，優勢完全壓倒性地傾向鍾家續這邊，讓鍾齊瑞不得不一連退後幾步。退了幾步的鍾齊瑞向後一跳，拉開兩人之間的距離後雙手一垂，似乎不打算繼續打下去。

「夠了，」鍾齊瑞淡淡地說：「回來我們身邊吧。」

鍾家續挑眉。

「我終究還是願意認，」鍾齊瑞面無表情地說：「你這個長子啊。」

或許，如果鍾齊瑞沒有殺了鍾齊德，也或許，早在這一切發生之前，他就跑來與自己相認，那麼今天這一切都不會發生。

不過現在一切都已經太遲了，打從鍾家續決定要幫助阿吉的那一刻起，他就已經打定主意，而且絕不輕易更改。因為，至少有一件事情，他也從曉潔那裡學到了，那就是「義無反顧」。

「不了，」鍾家續冷冷地說：「對我來說，他們師徒兩人，就是我現在的家人了。」

聽到鍾家續這麼說，少女沉痛地閉上了雙眼。

「因為，」鍾家續一臉堅定地說：「他們繼承了我祖先的意志，守護他們，就是等於守護了鍾家最重要的東西。」

聽到了鍾家續這麼說，鍾齊瑞仰起頭，臉上可以清楚看到布滿殺意。

「你這孽子，」鍾齊瑞咬牙切齒地說：「沒資格冠上我的姓。」

「逃離這個家的人，」鍾家續瞪著鍾齊瑞說：「是你，你才沒資格姓鍾。」

當然，看到鍾家續今日的表現，鍾齊瑞也非常清楚，這也是自己會下令處決弟弟的原因。先不管自己對鍾家續這個長子有沒有感情，把自己的骨肉養成跟那個殘廢一樣的敗家子，本身就是死罪一條。

鍾齊瑞搖搖頭，失望的神情全寫在臉上，看到鍾齊瑞的神情，讓鍾家續更加惱火。

尤其是現在手腳的交手，是鍾家續佔優勢，因此他不再跟對方囉嗦，朝鍾齊瑞再度攻了過去。

這時的鍾家續每招不需要使完，而且每個魁星七式，從姿勢到雙手雙腳的攻守勢，都可以拆開來用。真可說是「腳踏天樞手開陽、右手天璇左玉衡、起手天璣終瑤光」。

同樣的七式，在鍾家續的手上使出來，根本變得宛如鬼魅般多變。

而這就是鍾九首強大真正的秘密，只有長年在海上與刀尖上討生活，完全不守常規的海賊道長，才有可能融會貫通到這種地步。

雖然或許比起鍾九首，鍾家續現在會的不過就只是皮毛，不管是功力還是實際靈活度，都遠不及鍾九首，不過光是這樣，就已經跳脫出所有鍾馗、鬼王兩派道士所能想像的框架了。

功力先不論，威力也先不提，光是招式就已經有了壓倒性的優勢。

兩人對壘，在逆魁星七式的效力下，只要讓鍾齊瑞打中鍾家續一掌，即便同樣都是鬼王派的人，但功力的差距，說不定還是會讓鍾家續暴腔而死。

不過，面對鍾家續這變形的雙魁星七式，鍾齊瑞就是打不到鍾家續，心急想要打倒鍾家續的鍾齊瑞，動作也越來越快，只是在招式不如人的情況下，這樣只會讓自己更加暴露出破綻。

鍾家續一個轉身，躲過鍾齊瑞的攻擊後，一掌向上突刺，過度熟悉魁星七式的鍾齊瑞，撇開臉想要躲過這一掌，不料連臉都還沒轉，鍾家續這一掌已經一翻，朝著臉上直接呼了過來，鍾齊瑞臉才剛撇過去，立刻就被鍾家續這樣一巴掌給呼了回來。

雖然就功力來說，鍾家續的這一掌，完全沒有辦法給鍾齊瑞任何嚴重的傷害，不過這巴掌可是打得又辣又響，甚至讓鍾齊瑞一連退了好幾步才停下。

鍾家續也不追擊，站在原地，雙眼冷冷地看著自己的生父。

「認真點吧，」鍾家續冷冷地說：「你這個失格的老爸。」

現場的氣氛，瞬間變得冰凍，鍾家續很快就察覺到，那遠遠看著自己與鍾齊瑞交手的兩人，表情仍然沒有半點變化，仍然是一個擔憂，另外一個在看戲的感覺。

這也立刻讓鍾家續大概猜到，眼前到底是什麼情況了。

如果生命可以重來，或許鍾家續在人生的路上，唯一會想要改變的，就是此時此刻。

因為嚴重的錯估，鍾齊瑞完全沒有想到，累積了將近二十年的苦練，經過了魔悟，能夠有如此驚人的成長，他甚至沒有把鍾家續當作一個對手。

不過在鍾家續說了這句話之後，讓鍾齊瑞知道自己犯了點錯，而鍾家續要為此付出慘痛的代價。

因為就在此刻，他也真正錯過了，自己那宛如中樂透頭獎般渺小的機會，可以真正解決眼前這個讓他打從心裡怨恨的對手。

——因為，鍾齊瑞認真了。

而這場看似激烈的父子之戰，也即將演變成真正的殘忍屠殺戰，一切都從這裡開始了。

4

在C大的教室裡，曉潔的手機又傳來訊息。

在遠處偷偷觀戰的亞嵐，把雙方之間的狀況透過通信軟體傳到曉潔這邊。

看了一下內容，曉潔臉上略微浮現安心的神情。

這邊七星燈已經點燃許久，但阿吉卻仍然沒有半點清醒的跡象。

不過現在傳來的消息，鍾家續有了絕對的優勢，幾乎是壓倒性地牽制住對手，讓曉潔安心許多。

因為曉潔這邊，完全不知道那些人的實力，唯一有對抗過的那對姊弟，現在看起來也絕對不是鍾家續的對手，說不定不需要阿吉清醒，鍾家續也能夠解決，確實是個讓人安心的消息。

就在曉潔將這件事情告訴玟珊，讓她也一起稍微放寬心一點的時候，後山的草原上，父與子的對抗，有了令人難以置信的轉變。

戰況幾乎在一瞬間就有了一百八十度的大轉變。

當鍾齊瑞掏出幾張符順手一揮後，鍾齊瑞的身上，就產生了難以置信的變化。

鍾齊瑞的動作，跟剛剛完全不一樣，根本不在同一個水平上。

明明已經是一隻腳踏入棺材的人，但那動作卻像職業運動選手一樣矯健。

前一刻看起來還是連走個路都需要枴杖的人，現在卻動作快如閃電，這反差不只讓鍾家續措手不及，就連遠處觀戰的亞嵐也看傻了。

鍾齊瑞二話不說，一個閃身突然出現在鍾家續眼前，跟著一拳直接就揮向他的臉，鍾家續雖然想擋，但鍾齊瑞的動作真的詭異至極，手才剛舉起來，臉上就被拳頭打中，整個人都飛了出去。

跟亞嵐不同的是，鍾家續知道鍾齊瑞變成這樣的真正原因。

即便鍾家續明白這其中的道理，但真正有人這樣實現還是讓他覺得不可思議。這完全就是靠靈體的力量，加強自己的動作能力，不管什麼動作，身旁都有強大的靈體幫助他。

這就是鬼王派御鬼之術的真隨，可以把靈體的力量，變成自己的一股力量。

這些都是魔悟後，鍾家續知道的辦法，但真正想要實現，不只需要擁有大量長期被自己收服的鬼魂，還需要經過長時間的鍛鍊，才有可能做出這些動作。

當然，在技巧還不純熟，功力也還不到位的情況下，就是像少年那樣，頂多就是讓靈體寄宿在自己身上。

如果只是這樣的程度，相信鍾家續多少還有可能應付得來，不過傳授此道給少年的人，正是鍾齊瑞本人，連那樣的小毛頭都能做到，那麼鍾齊瑞至少也多修行了三十年，雙方的程度當然不可一概而論。

只是鍾家續也不免覺得不甘心，因為憑鍾家續現在的實力，加上魔悟，未來可能發揮出來的潛力，不管在任何時代，說不定都可以成為雄霸一方的翹楚。

但偏偏是在已經徹底被扭曲的現在，在他面前擋著的，不但有自己不負責任的生父鍾齊瑞，還有那個因為真祖召喚，變成簡直就像鍾馗四寶外，堪稱第五寶的阿吉。

更糟糕的是，這兩個已經超過一般修練所能到達高度的兩人，先後都對付過自己，甚至很可能都想要宰了自己。

如果要說生錯時代，鍾家續站出來，還真沒有人可以出聲。

雖然鍾齊瑞的速度，可能不及幾天前鍾家續對付過的地狂魔，但動作卻完全不是他可以掌握的。

對於鍾齊瑞的巨變，鍾家續當然很清楚其中的理論，或許再給他幾年的時間，好好鍛鍊這幾天收服的靈體，他可能還有機會跟這個不負責任的老爸一搏，但可惜的是，鍾家續還沒有這樣的機會，可以讓自己以及那些收服的靈體一點喘息的空間。

因此即便一隻腳已經算是踏進棺材了，但鍾齊瑞的功力還是遠遠超過鍾家續所能想像與應付的範圍。

而且鍾家續非常清楚，鍾齊瑞現在對自己使用的招式，其實就是少年先前打傷自己的招式，但用起來卻有完全不一樣的威力，鍾齊瑞是故意用相同的招式來對付自己。

就算了解其中的原理，但就是沒有辦法應付得來，甚至連擋住對方的攻勢，都是不可能的事情。

鍾齊瑞一拳揮向鍾家續的臉，鍾家續勉強躲過這一拳，結果躲避的動作還沒有完成，另一拳已經從下方而來，準確地擊中了鍾家續的下巴。

力道之大，將鍾家續整個人打飛起來，重重地摔在地上。

「……孽子，」鍾齊瑞冷冷地說：「再讓我聽聽你想說的話啊。」

此刻鍾齊瑞的聲音，聽起來就好像是透過破爛喇叭發出來的聲音。

被鍾齊瑞打中下巴的鍾家續，完全沒辦法站起來，只能勉強坐在草地上，甩著自己的頭。

鍾齊瑞也不追擊，冷冷地站在那裡等待著鍾家續再次站起來。

好不容易終於恢復了些平衡感，鍾家續再度站起來，才剛站穩腳步，鍾齊瑞又攻了過來。

透過與鍾齊瑞的交手，鍾家續知道對方的實力確實遠在自己之上。

可是問題是，為什麼鍾齊瑞會強成這樣？

這個疑惑，在一次又一次遭到鍾齊瑞狂扁時，不斷浮現在鍾家續的腦海中。

如果有這樣的實力，根本不需要躲躲藏藏才對，不是嗎？

確實，本家有像呂偉道長，或者是阿吉那樣強悍的人，但絕對有機會可以拚拚看，比起低聲下氣，宛如老鼠般活著，不如拚一下看看，不是嗎？

除此之外，就像先前跟地狂魔交手之際，地狂魔逐漸了解鍾家續的特質一樣，鍾家續也透過交手，越來越了解這個父親背後真的不為人知的事情。

透過交手，在被自己父親狠狠教育的同時，鍾家續領悟了一件非常重要的事。

那就是對方肯定跟自己一樣魔悟過，而且不是那種偷聽到的一兩句口訣，而是跟自己一樣，非常完整地魔悟了。

問題就在於，到底是什麼人，在什麼地方，讓鍾齊瑞魔悟的？

既然真的魔悟了，有了這樣的實力又為什麼要到現在才出現？

憑他的力量，根本就可以對付本家，甚至橫行社會都可以了，不是嗎？

當然，他也確實用實力證明了這點，不過為什麼選擇現在？為什麼要一直當個縮頭烏龜？

透過這樣的交手，鍾家續感覺自己似乎知道了更多，但卻相對地出現更多的疑惑。

原本還以為，自己跟養育自己長大、自己以為是父親，到頭來原來是叔叔的鍾齊德，是被當成煙霧彈，但如今一切都變得不合理了，既然擁有這樣的實力，又何必躲躲藏藏，幹些見不得人的事情？

當個縮頭烏龜、卑鄙小人，真的有比較值得嗎？

鍾家續不懂，真的不懂，究竟有什麼原因，可以讓人變得如此的懦弱、無恥。

終於，在被打到已經有點意識模糊的現在，鍾家續領悟出一個道理。

他終於知道了，過去長久以來，自己家族的一切，真的錯得有點離譜。

過去，在這些被追殺、逃亡、只活在黑暗的年代裡，他們學會了不計一切代價，只要能夠存活，可以不擇手段去做任何事情。

但現在鍾家續徹底了解，如果生存必須卑鄙、無恥，那還不如順從自然法則，就這樣被淘汰還好一點。

如果活著必須幹盡缺德事，倒還不如尊嚴的逝去。

至少現在的鍾家續，確實這麼想。

只是鍾家續不知道的是，當年當呂偉道長開始踏上自我放逐之旅時，其實也跟鍾家續有著一模一樣的想法，只是這點鍾家續可能永遠沒有辦法知道。

而且在經過了漫長的旅程之後，呂偉道長改變了他的想法，也因為這樣，如今才把眾人帶到了這裡來，究竟是對是錯，或許就連呂偉道長自己都沒有辦法回答。

而照目前看起來，鍾家續或許是沒機會改變這樣的想法了。

再一次，鍾家續被鍾齊瑞狠狠地打倒在地上，不過渾身是傷，幾乎全身浴血的鍾家續又緩緩地站了起來。

此刻的他，按理說根本已經快要沒有辦法站起來了。

諷刺的是，就連鍾家續自己都不知道，自己如此堅持，到底是為了什麼。

只知道自己完全不想輸給，眼前這個該死的老爸。

垂死之際，鍾家續知道不管自己做什麼，都不可能打得贏眼前這令人憎恨的老人。

明明一切都已經開始萌芽，只要給他足夠的時間，自己絕對有機會，可以擁有跟眼前這惡魔相抗衡的力量，卻在這個時候，就要被人滅了。

如果現在的我召喚真祖，祂會理我嗎？

或許是真的失血過多，也或許是自己真的傻了，此刻的鍾家續腦海裡也閃過真祖召喚這個招式。

就好像溺水的人，連一根稻草也想要抓住一般。

鍾家續抬起頭，用魔悟之後了解的方法，捧了血打在自己的胸口上，對天空無力地喊著：

「祖師爺救命！」

當然，天空是一片漆黑，鍾家續也沒感知到任何奇怪的感覺。

畢竟「一入王道終無悔」，鍾家續大概也知道，會是這樣的結果。

不過，至少，他也算是真正以命相搏了，阿吉當初願意做的事，鍾家續如今也願意做，哪怕代價很大，他也願意承擔。

「你以為，你有資格請祖師爺嗎？」鍾齊瑞冷笑。

這點，鍾家續當然也知道，不過總是期盼著奇蹟，更重要的是，那不甘心的感覺。

如果現在就這樣被自己的父親打死，那麼鍾家續相信自己應該會變成厲鬼。

畢竟自己的人生，明明什麼錯誤都沒有，練起功來也比其他人還要努力，憑什麼要被人遺棄？憑什麼所有的錯都得要他扛？

而現在，這個不負責任，拋棄自己的老爸，卻擁有強大的力量，彷彿擁有了一切，就是沒有半點的歉意。

幹了這麼多爛事，十足的爛人，自己卻只能被這樣的爛人「教訓」。

老天啊！你真的沒有半點公理嗎！

如果就這麼死了，到了老天爺的面前，鍾家續肯定會這樣質問老天爺吧？

痛苦的鍾家續仰起頭來看著天空，但天沒有半點回應。

「啊——」鍾家續的嘴裡，發出咆哮聲。

當然鍾家續這一喚，沒辦法改變什麼，不過那怨恨的心情，卻融入這聲叫喊中，響徹了山谷，甚至一路傳回到C大。

C大其中的一間教室裡，彷彿聽到了什麼，曉潔轉向後山的方向。

而在曉潔身後的阿吉，那雙無神的雙眼一定，終於再度流露出那有神的模樣。

七星燈真的發揮效用了，阿吉終於在這最後一刻清醒。

而隨著阿吉的清醒，一切也即將改變，兩派間長年的恩怨，也即將在這改變之中，畫下句點。

只是不知道的是，伴隨著恩怨的灰飛煙滅，兩派之間還有多少人能夠留存下來，看到明天的太陽。

後記

大家好，我是龍雲，很高興在這裡跟大家見面。

寫下這篇後記的時候，是在三級警戒的期間，幾乎整天都待在家裡，只有一個禮拜出去採買兩次。

因為一切都從簡，幾乎也沒有什麼其他事務需要忙碌，也趁這個機會，看了不少小說。這一個月應該是這幾年來，看最多書的一個月。印象中先前有這樣密集看小說的時間，恐怕是在好幾十年前了。

那時候因為媽媽住院的關係，所以陪病期間，看了很多不同的小說，也是在那個時候，萌生寫小說的想法。

就像先前我曾經說過的，其實寫小說最初的想法，就是希望可以讓閱讀小說的人，暫時抽離現實，一頭栽入小說的世界裡面。讓心情可以稍微獲得一些紓解，讓人可以鬆一口氣。

經過了這些年，這個月看的小說，還是讓我暫時忘記了疫情與一些生活上不順遂的事。讓自己的防疫生活，不至於太枯燥、痛苦。

透過這次的疫情，讓我想起了當初寫小說的初衷。

所以，我也希望這本小說大家會喜歡，也希望可以幫助大家，度過人生中每個難關，那麼我們下次再見了。

龍雲

龍雲作品 35

驅魔少女：伏魔路

國家圖書館出版品預行編目資料

驅魔少女：伏魔路 ／ 龍雲 著. — 初版. —
臺北市：春天出版國際，2021. 08
面；　公分. —（龍雲作品；35）
ISBN 978-957-741-348-2（平裝）
863.57　　110007779

ISBN 978-957-741-348-2
Printed in Taiwan

作者　龍雲
封面繪圖　LOIZA
總編輯　莊宜勳
主編　鍾靈
責任編輯　黃郁潔
美術設計　三石設計

出版者　春天出版國際文化有限公司
地址　台北市忠孝東路四段303號4樓之1
電話　02-7733-4070
傳真　02-7733-4069
E-mail　story@bookspring.com.tw
網址　http://www.bookspring.com.tw
部落格　http://blog.pixnet.net/bookspring
郵政帳號　19705538
戶名　春天出版國際文化有限公司
法律顧問　蕭顯忠律師事務所
出版日期　二〇二一年八月初版
定價　250元

總經銷　楨德圖書事業有限公司
地址　新北市新店區中興路二段196號8樓
電話　02-8919-3186
傳真　02-8914-5524

龍雲
作品

龍雲
作品

龍雲
作品

龍雲
作品